AF219713

Kurzer Hinweis

DER INHALT DIESES BUCHES SO WIE DIE CHARAKTERE SIND FIKTIV.

REAKTIONEN, SITUATIONEN, DENKWEI-SEN UND DER UMGANG IN SITUATIO-NEN BASSIERT AUF UMFRAGEN IN MEI-NEM BEKANNTENKREIS.

ICH STEHE NICHT IM ZUSAMMENHANG MIT PERSONEN AUS DIESEM BUCH.

DIESES BUCH DIENT NUR ZUR UNTER-HALTUNG.

Louis Kawalek

Project Actor

Abenteuer

Impressum

Bibliografische Information der Deutschen Nationalbibliothek:
Die Deutsche Nationalbibliothek verzeichnet diese Publikation in der Deutschen Nationalbibliografie; detaillierte bibliografische Daten sind im Internet über http://dnb.dnb.de abrufbar.

© 2022 Louis Kawalek

Herstellung und Verlag: BoD – Books on Demand, Norderstedt

ISBN: 978-3-7568-3220-0

Inhaltsverzeichnis

Hey :)

Ich glaube es war ein Montag, als ich Lewis traf. Er erzählte mir von seinem Traum. Wenn ich ehrlich sein darf, interessiere ich mich nicht wirklich für die Träume anderer, aber sein Traum war anders.

Kennen Sie diese Actionfilme mit der spannenden Musik und so? Genau so war es bei ihm. Er hat einfach einen kompletten Actionfilm geträumt. Oh man, was würde ich dafür geben, um auch sowas abgefahrenes zu erleben.

An dem Montag hatte ich nicht viel Zeit, also einigten wir uns darauf uns am nächsten Tag zu treffen. Ich verabschiedete mich von ihm und ging nach Hause. Meine Mom war dort und war bereits dran, das Mittagessen zu kochen.

Was mein Dad gerade macht? Ich habe keine Ahnung. Er verließ die Familie als ich gerade fünf geworden war. Er könnte also heute ein guter Politiker, Fitnesstrainer, Verbrecher oder sonst was sein, aber ein guter Vater war er ganz sicherlich nicht.

Er nahm mir und meiner Mutter alles. Das Haus, den Ort, unsere Freunde, einfach alles. Dieser Mann hat Lügen über uns erzählt, damit niemand das Interesse bekommt uns in die Augen zugucken.

Meine Mutter arbeitete hart damit wir uns eine kleine Wohnung leisten konnten, um ein neues Leben aufzubauen. So jemand ist für mich eine Person, die sich um ihre Familie kümmert, aber ganz sicherlich nicht mein Vater.

Oft wurde uns gesagt, dass wir zurück nach Polen sollen, wo auch unsere Verwandten wohnten, doch keiner wusste, wie unser Verhältnis zu ihnen ist. Durch die Sache mit meinem Vater wurde meine Mutter von ihrer Familie verstoßen. Somit sind meine Mom und ich ganz allein in unserem neuen Leben und unserem neuen Haus.

Ich ging mit Lewis seit der siebten in eine Klasse.

Er und seine Familie sind immer nett zu uns gewesen und das sind sie immer noch.

Als das Haus gegenüber von ihnen frei wurde, gaben sie uns direkt Bescheid. Es war nicht groß aber genug von dem, was wir brauchten, und jetzt sind wir hier. Ich ging hoch in mein Zimmer, um meinen Text zu üben.

Wenn es Sie interessiert, ich bin laut Franklyn eine sehr gute Schauspielerin. Wer das ist? Mein Teddybär. Ich bekam ihn vom Scheidungsanwalt. Der Mann, der alles regelte, sagte mir:

„Egal wie es dir geht, Franklyn ist immer für dich da"

Anfangs war ich Misstrauisch, weil ich ja nichts von Fremden annehmen sollte, aber jetzt ist er der, dem ich alles sagen kann.

Falls Sie finden das eine 16-Jährige kein Teddybär haben darf, dann mag ich Sie nicht, das meine ich ernst! Wer hat gesagt das es komisch ist Kuscheltiere zu haben. Mit ihnen hat man geredet, wenn keiner konnte, mit ihnen war man gemeinsam krank und mit ihnen fühlte sich die Familie vollständig an.

Das ist nichts, dass man von jetzt auf gleich in den Mülleimer wirft. Irgendwo da draußen ist vielleicht jemand der das gemacht hat, aber die meisten werden noch irgendwo ihr Lieblingskuscheltier herumliegen haben.

Naja, Lewis hatte keine Zeit also übte ich mit Franklyn. Er war die meiste Zeit still, aber das störte mich nicht.

Lewis nahm sich jeden Satz und sprach ihn aus wie in einer Oper. Das hat mich oft aus dem Konzept gerissen, aber lustig war es.

Ich sollte die Rolle der Marina spielen. Ein russisches Mädchen, welches nach Deutschland kam und dort ihre wahre Liebe findet. Später merkt sie aber, dass der Typ sie nur nutze, um an russische Mafiabosse zu kommen.

Ich weiß, ich weiß Russland und Polen sind nicht unbedingt die besten Freunde aber in meinen Augen kommt das Sprichwort:

„, wenn zwei sich streiten freut sich der dritte,"

da einem zugute. Ich lebe hier in Deutschland und ich finde das Polen hier echt unterschätz werden. Also will ich zeigen, dass auch Menschen aus Polen interessant sein können und nicht, weil es hier Sprichwörter gibt von wegen das wir nur stehlen. Erst dachte ich ja auch, dass die Rolle für ein Theaterstück ist, bis ich auf einmal erfahren habe das es sich um eine Miniserie handelte. Das war also mein größtes Jobangebot, was ich je bekommen habe. Meine Mutter hatte mich, während ich den Text am Auswendiglernen war, zum Essen gerufen und ich habe zu ihr runtergerufen das ich gleichkomme. So wie es wahrscheinlich jeder macht.

Wir redeten über den großen Tag und ich wusste, dass sie kein großer Freund von der Schauspielerei ist. Das nahm ich ihr aber nicht übel, da jeder seine eigenen Interessen Gebiete hat.

Nach dem Essen verschwand ich kurz in mein Zimmer, um Lewis zu schreiben. Er konnte am nächsten Tag nicht pünktlich beim Casting sein, da er seinem Bruder helfen musste. Auch das verstand ich.

Wissen Sie, ich will mich selber nicht in den Mittelpunkt drücken, aber ich finde, dass ich eine sehr soziale Person bin. Ich kenne seinen Bruder und er ist echt ein guter Erfinder und wer weiß vielleicht wird er mal der beste unserer Zeit. Vielleicht wird er sogar eines Tages die Welt verändern.

Lewis hat mir empfohlen an unserem Ort zu proben, da wo wir immer zu zweit üben, wenn es kurz vor einem Casting ist. „Unser Ort" ist im Wald.

Jetzt denken Sie bitte nicht an einen dieser Horror Wälder, denn dieser Wald war anders. Wissen Sie, dass Haus, in dem ich lebe, ist das letzte in der Straße und dort hinter ist ein Wald. Zumindest denkt man das.

Geht man die ersten vier oder fünf Meter rein kommt man bei einer hohen Wiese wieder raus. Um einen herum sind Bäume im Kreis und in der Mitte ist ein schöner See.

Ich lag also schnell mein Handy weg und griff nach Franklyn. Ich zog in mit an den See und setzte ihn auf einen Stein. Dort nahm ich noch einmal den Text durch der am morgigen Tag abgefragt worden würde.

Natürlich konnte er mir kein Feedback geben, aber es half mir die Anwesenheit andere zu spüren.

Ein Windzug ging durch mein Haar und ich genoss den Moment. Ich drehte mich im Kreis, bis ich ein Klatschen hörte. Meine Mom kam zu mir und war begeistert.

„Du wirst immer besser mein Schatz"

Ich kam ihr entgegen und nahm sie fest in den Arm. Sie ist so eine liebevolle Mutter. Sie hält ihre Bedürfnisse zurück, um die anderer auf sich zu nehmen. Sie hat ein schöneres Leben verdient, doch immer, wenn ich sie frage, wie es ihr geht und ob sie was braucht, sagt sie nur:

„Ich habe dich und das reicht mir"

Gemeinsam haben wir uns ins Gras gelegt und den Sonnenuntergang genossen.

Es wurde später und später bis die Sterne sich über uns am Himmelszelt aufstellten.

Sie holte uns eine Decke damit wir es bequemer hatten doch dann schliefen wir friedlich ein, weil wir wussten, dass der nächste Tag anstrengend werden würde.

Ich wachte auf als die Sonne mich durch die Baumkronen weckte und stand auf. Auf dem Weg zur Küche machte ich mir Gedanken darüber, wie wohl meine Zukunft sein wird.

Werde ich eine berühmte Schauspielerin in Hollywood oder werde ich hierbleiben und ein Landleben führen.

----- *Etwas Milch, drei Esslöffel Kakao und ein halber Teelöffel Zimt.* -----

Mein bis jetzt Geheimrezept für den perfekten warmen Kakao. Ich goss ihn in 2 Keramik Becher und brachte die Beiden Becher zu Mom.

Mit der Tasse vor ihrem Gesicht und dem Geruch von meinem weltbesten Kakao hat sie wohl nicht gerechnet als ich sie weckte.

Gemeinsam hörten wir den Vögeln beim Zwitschern zu und tranken unsere Becher leer. Ich merkte, dass mein Handy nicht da war und lief schnell ins Haus. Sieben verpasste Anrufe von Lewis. Eigentlich ist er nicht fürs Telefonieren also kann man sich echt wichtig für ihn fühlen, wenn er mal anruft oder gar ans Telefon geht. Aber direkt sieben verpasste Anrufe waren schon echt komisch. Ich habe ihn versucht zu erreichen, doch er ging nicht ran. In mir machten sich Sorgen breit.

Nach einem Blick auf die Uhr wusste ich, warum er angerufen hatte. Wir hatten vor uns in 30 Minuten zu treffen. Ich nahm mein Longboard, sagte meiner Mutter, wann ich da bin, damit wir pünktlich zum Casting fahren können und verabschiedete mich. Auf dem Küchentisch lag noch ein Schokoriegel, den ich auf dem Weg snacken konnte. (Hat gar nicht mal so gut geschmeckt)

Hinter mir war ein Luftzug, der mich nach vorne schupste und in 5 Minuten war ich da.

Auf den Parkplätzen waren nur die Autos der Lehrer also nichts Besonderes. Ich sprang vom Board und suchte nach ihm.

Aus der Ferne konnte ich sehen, wie er aus dem Haus seiner Oma kam. Auch wenn ich nicht sportlich war, bin ich zu ihm gerannt und habe ihn gerufen.

Er drehte sich um und lief mir entgegen. Wir machten unseren Handschlag.

Ich bastelte mir eine Entschuldigung zusammen, aber ich merkte, dass er mir nicht böse sein konnte. Wir suchten nach einem Gesprächs Thema.

Eigentlich wollten wir über das Casting reden, aber da gab es nicht viel zu, zu sagen. Jedoch hatte ich Interesse mehr von seinem Traum zu erfahren.

Das sagte ich ihm so und er redete von so einer Elena. Ein Mädchen aus einer Klasse in Kroatien. Ihre Eltern reisen viel also konnte sie deutsch.

Später stellte sich heraus, dass sie nur deutsch kann, weil sie ein Teil der R.O.P ist. Die R.O.P ist eine Geheime Organisation.

Hört sich komisch an ich weiß, aber ich finde sie glaube ich ganz cool. Also wenn es nach mir geht, darf sie auch gerne in meinen Träumen aufkreuzen.

Es ist kaum zu glauben, dass ich nahezu mit der Schule fertig bin.

Ich werde die streiche an den Lehrer und das Getratsche auf dem Pausenhof vermissen. Jetzt muss ich mir Gedanken machen, was ich für den Rest meines Lebens machen will. Und eins steht fest.

Ich mache keinen langweiligen Büro Job!

Es wurde Zeit zum Gehen und ich verabschiedete mich von Lewis.

Er würde später dazu kommen Auf meinem Longboard bin ich Nachhause gefahren.

Zu mindestens war das mein Ziel. Es war kurz nach eins und die Eltern von den Schülern die Schule hatten wollten ihre Kinder von der Schule abholen. Auf beiden Seiten war ein Stau und ich wusste, dass ich so einiges an Zeit verlieren würde, doch auf einmal hat Lewis zu mir gerufen:

„Sarah machs wie in dem Film von letzter Woche"

In dem Film ist ein Typ so von LKW zu LKW gesprungen. Das Problem ist, dass hier unterschiedlich große Autos im Verkehr sind und mittendrin sind auch noch Schulbusse.

Ich wollte wissen, ob er das ernst meint und der freche Affe nickt auch noch mit dem Kopf.

Nachdem ich einmal tief eingeatmet habe, sprang ich auf das erste Auto. Es ertönte ein lautes Hupen hinter mir. Danach fiel ich zu Boden und ein Auto kam auf mich zu gefahren.

Für einen kurzen Moment dachte ich das ich jetzt sterben würde. Doch ein Mann in dem Auto hinter mir kam zu mir gelaufen und die Frau in dem Auto vor mir auch.

Alles drehte sich für mich und ich sagte nur:

„The show must go on"

Danach zog ich mich hoch und sprang dann von Dach zu Dach.

Als Buße in die Quere kamen sprang ich in der Luft zur Seite und wenn ich gerade Lust hatte, habe ich gerade eine Drehung in der Luft gemacht. Okay nein das war eine Lüge, bitte verzeihen Sie mir. Ich habe nie Ballett gemacht also würde es sehr komisch aussehen, wenn ich ne Drehung in der Luft mache. Naja, als ich vom letzten Auto sprang, stieg ich auf das Longboard und versuchte die verlorene Zeit auf dem Weg nach Hause wieder einzuholen.

Zuhause wartete meine Mom schon auf mich. Ich sprang also in das Auto und wir fuhren los.

Sie hatte sich schon gedacht das ich zu spät komme also hat sie bereits im Auto gewartet.

Ich machte meine Tasche auf, um meinen Text zu lesen und merkte, wie sie die Augen verdrehte.

Natürlich wollte ich wissen warum. Immerhin bin ich auch eine neugierige Person.

Sie fing an zu reden als ich sie darum bat.

„Ich verstehe, dass hier das dein Leben ist und es gerne machst, aber denkst du wirklich, dass du das hier bis zu deinem Lebensende machen willst? Versuch es doch einfach mal mit einem Bürojob. Nur für die Zeit, bis du etwas Besseres gefunden hast. So kannst du mir finanziell helfen und vielleicht gefällt es dir ja doch."

Zum ersten Mal merkte ich, dass ich nur an mich dachte aber nie überlegt habe, wie es meiner Mutter dabei ging. Ich hatte einen fetten Kloss im Hals und wusste, wenn ich jetzt was sage, breche ich in Tränen aus.

Es ist selten, dass ich weine, da mir mein Opa väterlicherseits immer sagte:

„Prinzessinnen weinen nicht"

Kurz danach war seine Beerdigung und ich war die Einzige, die nicht weinte, um seinen Worten treu zu sein.

Deswegen wurde ich komisch angeguckt aber bis heute halte ich mich an das, was er sagte, und ich habe kein Problem damit.

Er war der Einzige, der auf mich aufgepasst hat, wenn Mom und der andere Typ arbeiten waren. Somit war die restliche Fahrt eher still.

Als wir beim Casting Ort waren, stiegen wir aus dem Auto und ich griff nach meiner Tasche. Ich hatte vor das Manuskript wiederrein zu legen, aber dann fiel mir auf das ich Franklyn vergessen habe.

Das war an sich nicht das Problem, aber er lag Wahrscheinlich auf der Wiese.

Draußen entdeckte ich die ersten Regenwolken. Wir hatten nicht genug Zeit, um wieder nach Hause zu fahren, da ich in 20 Minuten auf die Bühne musste. Kurz dachte ich daran aufzugeben als die Casting Leiterin zu mir kam und meinte das ich in 5 Minuten auf der Bühne sein muss, aber dann hörte ich ihn!

Lewis kam zu mir gelaufen mit Franklyn in der Hand und ich glaube ich war noch nie so froh die beiden zu sehen.

Viellicht denken Sie jetzt ich wäre verrückt, weil ich ein Stofftier habe, was mir fast so wichtig ist wie ein Mensch, aber ich sehe ihn so weil ich mit ihm an meiner Seite aufgewachsen bin.

Ich fragte, wie Lewis zu Franklyn kam und er sagte:

„Ich wollte vor deinem Auftritt noch einmal an den Ort, wo bei dir alles angefangen hat, um noch einmal den ruhigen Moment zu genießen und dann war auf einmal Franklyn vor mir. Da wusste ich das er zu dir muss."

Ich sah noch ein letztes Mal zurück, bevor die Casting Tante mich mit hinter die Bühne zog, weil ich dran war.

Hinter der Bühne waren die Mädels alle so aufgebrezelt. Zuerst dachte ich, dass ich hier fehl am Platz bin, aber dann dachte ich, dass ich eventuell so aus der Menge hervorsteche. Also habe ich meine Lederjacke angelassen.

Ich habe versucht das Mädchen vor mir durch den Vorhang zu beobachten, das geling aber nicht sonderlich gut. Stattdessen sah ich die Jury. Rechts sahs Monsieur Madman.

Madman war auch schon auf meiner Schule. Er hat nach Talenten gesucht. Ist ihm wohl nicht gelungen, denn als er die Schule verließ sagte er nur:

„Die Welt ist nicht bereit, für so untalentierte Geschöpfe wie euch"

Und das in einem ziemlich französischem Ton.

Daher weiß ich, dass er sehr perfektionistisch ist.

Auf der anderen Seite sahs Amelie Franken. Ich bin ein großer Fan von ihr und ich werde Ihnen nicht verheimlichen, dass ich von ihr ein oder zwei Poster an der Wand habe. Sie hat Talent und das wurde in ihr gefunden als sie ungefähr in dem Alter von mir war. In der Mitte sahs ein Mann, den ich nicht kannte.

Später kam raus, dass er der Regisseur ist. Nach dem ich meinen Kopf zurück zog, ging ich die Bühne auf und ab.

Auf keinen Fall wollte ich ein schlechtes Bild vor den Augen Amelies abgeben und Monsieur war auch in der Jury also musste ich versuchen den härtesten von den dreien zu Brechen.

Hinter der Bühne ging ich also noch mal beim auf- und abgehen den Text durch.

Wie aus dem nichts, wurde ich aufgerufen und ich steckte erst mal meinen Kopf, durch den Vorhang, um zu gucken, ob ich wirklich gemeint war.

Amelie lächelte mich an, während Madman mich verzweifelt mit dem Stift in der Hand ansah.

Ich betrat die Bühne und stellt mich vor, so wie ich es immer bei einem Casting tat. Nicht zu viel von dem Privatleben und nicht zu wenig, von wie großartig ich das Schauspielern finde. Die Rolle für meinen betrügerischen Freund Peter, war schon besetzt.

Er hieß Mark und ich glaube, dass ich ihn schon einmal bei einem Casting gesehen habe. Auf jeden Fall stand er am Rand der Bühne und ich war am Set. Das Set bestand aus einem alten Bett, das mit rosa Bettwäsche bezogen war und einem alten grünen Holzbücherregal.

Auf dem Bett sollte ich mit dem Rücken zu Peter sitzen. Dann haben wir die Scene gespielt. Weil ich denke, dass Sie wissen wollen, was wir gesagt haben, nenne ich Ihnen den Text, den Mark sprechen sollte und den ich sprechen sollte, auf der nächsten Seite. Also bitte merken: Ich habe Marina gespielt und Mark hat Peter gespielt.

Peter: „Marina, Schätzchen ich bin zuhause. Wo ist mein Essen?"

Marina: „Oh liebster, ich war nicht in der Lage dir etwas zu machen. Mein Herz muss eine schwere Last tragen."

Peter: „Wer ist der Schurke, der für dein Leiden verantwortlich ist? Ich werde ihm sein Herz heraus reisen, damit er zum letzten Mal dich belastet haben wird. Meiner Prinzessin tut keiner Schmerzen an."

Danach schniefte und seufzte ich und dann kam die Böse Power-Frau aus mir raus. Laut Skript formte ich meine Hand zu einer Pistole und richtete sie auf Peter beziehungsweise Mark.

Marina: „Oh Peter Darling. Die Arbeit übernehme lieber ich und danach werde ich ein würdigeres Leben führen wie das jetzige mit einem verlogenem Schwein wie dir.

Danach machte ich noch „Peng" und wir waren fertig.

Also ich war mit meiner Leistung zufrieden, auch wenn ich so eine Aggressivität nicht so mag aber die Jury oder wie ich sie nennen soll, schien echt geschockt.

So als wären sie gerade bei einem Mord dabei gewesen. Mark sah normal aus würde ich sagen. Dem lieben Monsieur Madman konnte ich es wohl nicht recht machen.

Er schüttelte nur mit dem Kopf und notierte sich etwas.

Amelie war leiser als vor meinem Vorsprechen.

Dann hat der Regisseur das Sprechen angefangen:

„Sarah, vielen Dank für dein Vorsprechen. In meinen Augen hast du Talent. Talent das wir derzeit und für diese Rolle nicht brauchen. Du scheinst sehr gefühlkalt und gerade die Gefühle sind bei Marina sehr wichtig. Denn sie hat herausgefunden, dass sie von ihrem Freund nur ausgenutzt wurde. Also sollte Sie auch weinen können, bevor sie sich dazu entscheidet, sich bei Ihrem Freund zu rächen. Doch wie ich bereits sagte, du hast Talent. Wenn wir dieses Talent brauchen, melden wir uns bei dir. Trotzdem vielen Dank, für deine Bewerbung und Mühe. Gute Heimreise"

So ist mein Traum geplatzt. Ich hatte kein Interesse jetzt zu heulen und so die Aufmerksamkeit auf mich zu nehmen. Also bedankte ich mich und ging von der Bühne. Doch dann kam Amelie auf mich zu.

Sie gab mir ihre Karte und hat mir empfohlen, mit Mark zu üben. Ich bedankte mich also noch einmal bei Amelie persönlich und tauschte meine Nummer mit Mark aus.

Danach ging ich von der Bühne und in Richtung Foie. Mom und Lewis warteten schon. Ich zog meine Arme hoch, um zu zeigen, dass ich die rolle nicht bekommen habe.

Die beiden kamen auf mich zu und meinten mich trösten zu müssen. Das hat es nicht gebracht.

Ich weiß nicht, warum, aber ich war nicht traurig.

„Viellicht ist es besser so."

Dachte ich mir. Die anderen Mädels haben den halben Boden voll geheult, nur ich nicht. Das war wohl wieder ein Grund damit mich alle ansehen können.

Wir gingen zum Auto und ich hatte das Gefühl, dass die beiden das mehr mitgenommen hat wie mich. Lewis wollte den Rest des Tages bei uns bleiben, aber ich wusste, dass sein Bruder noch Hilfe brauchte, für die Wissenschafts-messe seiner Schule. Also schickte ich Lewis zu ihm.

Ich meinte, dass ich erst mal Zeit für mich bräuchte. Mom und ich fuhren ihn zu sich nachhause.

Danach half ich meiner Mutter noch beim Einkaufen. Als wir dann abends nach Hause kamen, räumte ich noch die Einkäufe ins Haus und verschwand danach in meinem Zimmer.

Ich zog mir meinen Pyjama an und legte mich ins Bett. Die Karte von Amelie ist wohl aus meiner Hose gefallen.

Ich sah sie unter meinem Schrank, ich sprang also auf und holte sie zu mir. Eigentlich ruft man ja keine Leute an, die viel beschäftigt sind, nur um zu reden, aber ich tat es trotzdem.

Niemals hätte ich damit gerechnet, dass sie rangeht. Sie hat sich sogar gefreut mal wieder ein normales Gespräch zu führe, eins wo es nicht um Geld oder Werbung geht.

Wir haben lange telefoniert. Sie hat mir Schauspiel Tipps gegeben und ich habe ihr von meinem Job suche erzählt.

Sie war eine tolle Unterstützung. Ihre wohltuende Art war echt angenehm. Ich werde ihre Worte nie vergessen:

„Einestages findest du einen Job, der nicht nur deine Arbeit ist, sondern dein Leben Und wenn du den hast, darfst du ihn nie loslassen"

Danach musste sie leider auflegen, da sie noch mit ihrem Team ein Meeting hatte.

Amelie tut mir echt leid. Eine Zeit, wo sie sich ausruhen sollte, ist nicht mal das Ende ihres Arbeitstages. Ich wurde auch müde und wünschte meiner Mutter noch eine gute Nacht, bevor ich einschlief.

-Kapitel 2-
Zeit für war Neues

Wenn ich mich recht erinnere, war es ein Samstag, als Mom auf der Arbeit war und es an der Tür klopfte.

Ich war noch im Pyjama als ich zur Tür schluderte. Mom schließt immer die Tür ab, wenn ich noch schlafe und sie weg geht, damit niemand so einfach durch die Tür einbrechen kann.

An dem Morgen öffnete ich die Tür. Vor mir, ein Mann im Anzug und gegelten Haaren. Er hatte eine echt seltsame Nachricht für mich.

Er Arbeitet in einer Agentur, die sich mit Buchhaltung beschäftigt und er würde mich gerne einstellen. Um ehrlich zu sein, hatte ich keine Ahnung, woher er davon weiß, dass ich Arbeit suche.

Zudem war seine Recherche nicht sehr gründlich, denn ich wollte keinen langweiligen Büro Job. Schnell merkte ich aber, dass es kein Geheimnis ist, das ich Arbeit suche. Mom, Lewis, Amelie und wer weiß wem die noch davon erzählt haben.

Ich hielt mich nicht an die Regeln und stieg in sein Auto.

Also nachdem ich mich umgezogen habe.

Die Lederjacke durfte wieder nicht fehlen unter dieser trug ich ein weises T-Shirt. Zudem trug ich eine alte zerfetzte Jeans.

Kommen wir zurück zu dem Auto und so.

Ich stieg da also ein und sie dürfen mich dafür zwar nicht festnehmen lassen aber sauer auf mich sein. Mir ist aber nicht passiert.

Wir fuhren in seinem schwarzen Mercedes, der mit dem alten VW Käfer meiner Mutter nicht mithalten kann.

Ich hatte absolut keine Ahnung, wohin wir fuhren, ich nutze jedoch die Zeit, um diesem Mann Fragen zu stellen wie:

„Wer sind sie?"

„Woher sind sie?"

„Woher wissen sie, wer ich bin?"

„Woher wissen sie, dass ich Arbeit suche?"

Eigentlich wollte ich noch mehr Fragen aber als ich die nächste Frage angefangen habe, unterbrach er mich und alles, was er sagte, war:

„Es ist egal wer ich bin, aber es ist nicht egal ob ich bin"

Danach war ich eigentlich schon verwirrt, aber ich hatte Angst das der nächste Spruch nicht mehr so harmlos sein würde. Ich machte darauf das Radio an und er dann aus und ich wieder an.

Das Ganze ging dann so sechs Mal oder so.

Wir stritten wie kleine Kinder, doch dann wurde es mir zu viel und ich sagte:

„Wenn ich schon bei nem Fremden mitfahre,
will ich auch entscheiden ob und welche Musik
ich hören werde!"

Danach war dann Mister Oberschlau leise wie eine Ameise.

Ich frage mich immer noch, wie es für Leute auf der Straße aussah, als die sahen wie ein Mann mit Sonnenbrille und starrem Blick und ein Mädchen was zu Starships von Nicki Minja vibte eine Spritztour unternommen.

Nach einer kurzen Zeit dachte ich dann, dass wir endlich da wären, aber leider habe ich mich versehen. Wir waren nicht am Ziel…

Wir waren an der deutschluxemburgischen Grenze und ich machte mir allmählich Sorgen.

Aus der Ferne sah ich am Horizont eine Schranke, wie man sie aus so alten Filmen kennt.

„Sorry Mister aber meine Mom kommt um
20:30 Uhr nach Hause und wenn die mich
nicht sieht, könnte Ihnen das Probleme bereiten"

Er blieb aber ganz cool und hat mir gesagt, dass ich mir da mal keine Sorgen machen müsse. Da machte ich mir zum ersten Mal Vorwürfe in was für Probleme ich meine Familie brachte, doch irgendwas in mir sagte, dass ich dem Mann neben mir vertrauen kann.

Natürlich habe ich mich auch gefragt, wie er an meinen Pass kam und was passiert wäre, wenn ich um Hilfe gerufen hätte, aber diese Frage werden wir wohl nie beantworten können.

Ich freute mich, als ich nach langer Zeit nur Land sehen zum ersten Mal die Stadt gesehen habe. Bisher war ich nur einmal mit meinem Großvater an der Grenze und das nur weil er Kippen kaufen wollte. Jetzt war ich in Luxemburg und das so richtig. Es fühlte sich an wie Urlaub – nur mit nem Fremden. Wir stiegen an so nem Café aus und ich überlegte schon welchen Kuchen, die dahaben könnten. Wissen Sie ich bin Veganerin und bin auf dem Gebiet immer offen für alles. Gemeinsam gingen Mister Weißichnicht und ich auf die andere Straßenseite.

Im Café war es Rappel voll und er ging mit mir an die Theke. Dort zeigte er so eine Karte in blau vor und die Dame an der Theke führte uns zu einem Fahrtsuhl. Sie lächelte mich an, bevor sich die Türen schlossen. Dieses Mal steckte er die Karte in so einen Schlitz und wir fuhren abwärts. Als sich die Türen öffneten war ich mehr oder weniger erschrocken. Es war ein Büro.

„Auf garkeinen Fall!"

Das war das Erste, was ich sagte. Dieses Büro war genau wie in meiner Vorstellung. Grau, Holzig und die Leute haben alle still gearbeitet.

Alles, was man hörte, war das Getippe auf die Tastatur und das Geschiebe der Maus.

Ich wollte keinen Bürojob. Es war nicht sonderlich schwer zu erkennen wie wenig spaß die Leute hatten, die dort arbeiteten.

Ich fand es schön, dass sie an mich dachten, aber ich kann nicht nach Luxemburg reisen, um zu arbeiten und das sagte ich auch.

Danach ging ich zurück in den Fahrstuhl, setzte mich auf den Boden und der Mann, der mich so schon die ganze Zeit begleitete lief, mir wieder hinterher.

Natürlich bedankte ich mich und auch wenn es sich wirklich kindisch angehört hatte, sagte ich ihm, dass ich keinen Bürojob in einem anderen Land nach gehen kann. Die Fahrstuhltüren schlossen sich und er setzte sich neben mich auf den Boden. Eigentlich fand ich das bisschen albern. Das war, wie in diesen Filmen wo 2 typen im Fahrstuhl sind und sich nicht leiden können dann aber der Fahrstuhl hängen bleibt und sie auf Hilfe warten müssen und sie sich so befreunden.

Trotzdem setzte er sich neben mich. Eine kurze Zeit blieb es still, doch dann fing er das Sprechen an.

„Plopp"

Drei Fragezeichen kreisten um meinen Kopf.

„Mein Namen – Jason Plopp"

Ich war verwundert, warum er mir seinen Namen sagt und warum jetzt. Er bat mich es niemandem zu sagen da es bis jetzt keiner aus der Agentur weiß. Er tat mir leid und ich wollte die Situation nicht komisch wirken lassen also sagte ich ihm, dass ich für eine Woche in die Agentur einsteige, um zu gucken, ob es vielleicht doch was für mich ist.

-Kapitel 3-

„Der große ...

Samstagabend, 19 Uhr, drei Monate.

Drei Monate nach dem ich bei der Steueragentur die Verträge unterschrieb. Seitdem hat sich viel getan. Ich fan es dort gar nicht so schlimm wie gedacht und entschied mich dazu richtig einzusteigen, ich wurde sogar befördert. Plopp wurde wie ein Vater für mich und es stellte sich heraus das Amelie für den Job verantwortlich war.

Ich habe gemeinsam mit meiner Mutter zu abendgegessen und wir redeten über die Arbeit.

Während sich bei ihr oft das gleiche abspielte, war bei mir fast jeder Tag anders.

„wer hätte gedacht das ich mal im Büro arbeite?"

Wir beide lachten. Ich war zwar nicht in der Zentrale in Luxemburg, aber ich arbeitete Zuhause in meinem Zimmer.

Aber es war Büroarbeit. Der Abend war sehr schön und ich genoss es als wäre es unser letztes gemeinsames Essen.

Natürlich ist das leicht übertrieben, aber ich musste am darauffolgendem Tag nach Luxemburg, weil Plopp was besprechen wollte.

Als wir beide fertig waren, half ich Mom beim Abwaschen.

Ich spürte, dass sie etwas bedrückte und sprach sie drauf an, aber sie schüttelte nur mit dem Kopf.

Natürlich wollte ich wissen was los war also harkte ich noch mal nach.

„Weißt du noch als ich vor ein paar Monaten später nach Hause kam?"

Ich nickte und dachte daran, dass es der Tag war, wo ich von Plopp nach Luxemburg geschleppt wurde.

„Der Grund, warum ich später kam, war der, dass ich jemanden kennengelernt habe. Er war neu auf auf der Arbeit und wir sind nach Schichtende noch was trinken gegangen"

Es freute mich, dass sie jemanden gefunden hat, den sie mochte. Das zeigte ich durch ein Lächeln und ich frage sie etwas aus. Jetzt weiß ich, dass er Thomas heißt, er 39 Jahre alt und sportlich ist.

Jedoch hatte ich meine bedenken. Was sucht ein gutaussehender Typ in einem Putzunternehmen?

Das soll nicht komisch klingen, sondern nur eine Theorie.

Zudem warum genau an dem Tag wo ich in Luxemburg war?

Außerdem sagte Plopp, dass ich mir keine Sorgen machen müsste als ich ihm sagte, dass meine Mom pünktlich Zuhause sein wird.

Ich wollte nicht, dass meine Mutter von Typen etwas vorgespielt bekommt, nur damit mein Leben privat sein kann. Also beschloss ich am nächsten Tag mit Plopp zu reden.

Nach dem Abwaschen ging ich hoch in mein Zimmer und machte mich bettfertig.

Im Pyjama legte ich mich ins Bett, weil ich echt Hundemüde war, doch dann habe ich eine Nachricht bekommen und ich stand wieder auf.

Es war Mark. Weil ich denke, dass sie wieder den Chat sehen wollen, habe ich Ihnen den Verlauf auf den nächsten Seite beigelegt.

Mark: Hey :P

Sarah: Hi :)

Mark: Was geht? Lange nichts
gehört

Sarah: Haha ja das stimmt mir
geht es gut und dir?
Habe jetzt nen Bürojob

Mark: :O

Mark: Sowas langweiliges?

Mark: Da fehlt der Spaß

Sarah: Nach dem suche ich auch
noch aber naja

Sarah: Wir wollen alle so viel
aber wir bekommen
nur einen Bruchteil

Mark: Kann gut sein

Sarah: und was hat sich bei dir
verändert?

Mark: Arbeiten noch an der
              Serie aber ich habe
              Textprobleme

Sarah: Wir können gerne mal
              Eine Textprobe machen
              Wenn du willst

   Mark: sehr gerne will ich das

   Mark: GN

   Sarah: Schlaf gut :)

Schon komisch wie schnell das Gespräch beendet war aber viel gedachte habe ich mir in dem Moment nicht.

Danach legte ich das Handy weg und machte das Licht aus.

Der nächste Tag würde wieder stressig werden also legte ich mich schlafen und machte mir ein paar Gedanken um den nächsten Tag.

Viele sagen immer, dass wenn man sich beim Einschlafen Gedanken macht, nicht schlafen kann aber bei mir ist es anders. Ich schlafe meistens direkt ein. Das hat Sie wohl nicht interessiert von daher denke ich, dass ich Ihnen erzählen soll, wie es weiter ging. Ich hatte einen Traum, in dem ich aus einem Helikopter sprang und um mich herumschreiende Menschen wegrannten.

Wenn ich mich recht erinnere, war das in Berlin. Auf dem Boden lag eine Bombe und ich stürzte mich direkt auf sie. Die Menschen, die eben noch schrien und liefen waren auf einmal wie angewurzelt und starten auf mich. Alles, was ich hörte, war ein Piepen und ich dachte es wäre vorbei, doch es ging weiter...

„Piep, piep, piep"

...Ich schreckte hoch, weil ich dachte, dass ich mit in die Luftgejagt wurde doch ich hatte glück. Es war nur ein Traum. Nur ein kleiner absurder Traum. Ein Traum der mir nicht mehr aus dem Kopf ging.

Ich dachte ich konnte jetzt Lewis von meinem Spanenden Traum erzählen, doch ich hatte keine Zeit. Mein

Wecker zeigte das es bereits 8:05 Uhr war und ich machte mich schnell fertig.

„Nicht das ich wieder im Pyjama vor Plopp stehe"

Es war dumm von mir nicht schon am Abend geduscht zu haben.

Meine Haare brauchten ewig, bis sie trockneten. Um die Zeit zu überbrücken, ging ich in die Küche, wo ich auf Mom wartete, doch alles, was ich fand, war eine Karte mit meinem Namen auf dem Küchen Tisch.

„Bin mit Thomas Frühstücken
viel Erfolg für später.
hab dich lieb!"

Als ob es nicht schon reicht das meine Mutter im siebten Himmel schwebt musste mir genau in dem Moment Mark schreiben.

„Guten Morgen"

Um ehrlich zu sein hatte ich so gar keine Lust in dem Moment zu schreiben. Außerdem musste ich Zeit gewinnen. Genau in dem Moment, wo ich daran dachte, hörte ich ein Brummen, das immer lauter wurde. Zuerst dachte ich an eine Roboterinvasion, von der Lewis Träumte. Fragen sie mich bitte nicht, warum ich panisch in den Wald lief. Ich dachte er könnte ruhe ausstrahlen. Das tat er auch kurz bis mir das Brummen auch in den Wald folgte.

Ich blickte hoch zum Himmel und sah, wie ein Helikopter landete. Diese Tür, also nicht das vorne, wo der Hubschrauber Manuel gesteuert wird, sondern das Ding hinten öffnete sich und drei Mal Dürfen sie raten wer mir winkte. Es war Plopp.

Der Wind von den Rotorblättern ging voll in Mein Gesicht und ich merkte nicht wie meine Haare trockener wurden.

Viel mehr hatte ich Angst, eine Erkältung zu bekommen. Das hört sich natürlich spießig an, aber wer mag es schon krank zu sein? Zudem hat es mich überrascht das Plopp mich mit einem Heli abholte. Das war mein erster Flug in einem Helikopter und dieses coole Kribbeln im Bauch wurde mir dann zerstört als Mark wieder schrieb.

„Warum schreibst du nicht?"

„Vermisse dich"

„Wollen wir heute was machen?"

Gerne hätte ich Ihnen Originalaufnahmen gezeigt, aber nachdem Plopp sah, wie schlecht es mir ging als er geschrieben hat, hat er das Handy aus dem Hubschrauber geworfen. Der Windzug war krass, aber auch cool. Die Bilder von unserem ersten Chat habe ich Lewis Geschickt, um seine Meinung zu hören. Aus dem Grund konnte ich Ihnen die Chats vorlegen.

Ich war so sauer als er das Handy wegwarf, doch so lieb wie der Herr Plopp ist, hat er mir versprochen ein neues zu besorgen. Nach einiger Zeit waren wir in der Nähe von der Zentrale und Plopp gab mir einige Hinweise, weil es angeblich nicht gerne gesehen wird, wenn ein Teil der Führungsebene mit einem Mitarbeiter redet.

„Lass mich vorgehen und in fünf Minuten
kommst du durch den Haupteingang rein."

Natürlich wusste ich, dass da etwas nicht stimmte. Nur weil ich blond bin, heißt es nicht, dass ich dumm bin.

Jedoch wollte ich keine Überraschung oder so kaputt machen also hielt ich mich dran.

Nach einer gefühlten Ewigkeit ging ich dann durch den Haupteingang und ein Rezeptionist sagte mir das die Führungsebene mit mir reden will.

Eigentlich ging ich davon aus das Plopp mit mir reden wollte, aber er war ja nur ein Teil der gesamten Ebene.

Zudem muss ich zugeben das ich enttäuscht war, weil es keine Überraschungsparty für mich gab, wie ich es eigentlich erwartete. Ich bedankte mich und ging zum Büro, wo mich die Führungsebene erwartete. Dabei ging mir ein wichtiger Gedanke durch den Kopf.

„Ich könnte gefeuert oder befördert werden"

Beides wäre in der Situation Blöd. Bei einer Beförderung hätte ich mehr Arbeit und die kann ich zurzeit nicht gebrauchen und wenn ich gefeuert werde, kann ich nicht mehr arbeiten und ich muss mir was Neues suchen.

Für die Gefühle hatte ich aber keine Zeit also schluckte ich sie wie so oft runter. Als ich später vor dem Büro stand klopfte ich gegen den Türrahmen und ich wurde freundlich hineingerufen.

Das Erste, was ich merkte, war, dass zwei Frauen und ein Mann im Raum waren.

Der Mann war Plopp und eine der beiden Frauen sahs in der Mitte und die sahs als einzige.

Ihr Name war Adams. Neben ihr die Frau hieß mit Nachnamen Baker. Sie lebt seit 17 Jahren in Luxemburg. Dort hat sie ihren Mann geheiratet und leider seinen Namen angenommen. Ich habe nichts gegen Baker aber ein Name aus Uganda mit Geschichte wäre bestimmt spannender gewesen.

Bis zu dem Zeitpunkt, wo ich im Büro stand, wusste ich nicht, wer das gesamte Unternehmen leitete, doch es wurde mir später von Plopp bestätigt, dass Adams die Chefin ist. Nach dem ich das Zimmer betrat habe ich mich gegenüber von Mrs Adams gesetzt.

„Ms Sarah Ostrowski wir schätzen ihre Arbeit für dieses Unternehmen sehr und ich sehe in ihnen großes Potenzial"

Es ist keine Kunst mit Zahlen umgehen zu können und das sagte ich ihr auch. Sie lächelte mir entgegen und schob mir über den Tisch eine Akte zu.

„Wir wollen Sie befördern. Wissen Sie, ich habe Sie seit langer Zeit im Auge behalten und um ehrlich zu sein, länger als Ihnen lieb ist. ich möchte Sie für ein neues Programm einstellen.

sie werden Ihre jetzige Arbeit nicht mehr Fortsetzen
dafür werden Sie eine wichtigere Aufgabe haben.
ich möchte das ihnen mögliche Risiken bewusst sind
bevor sie sich einstellen lassen"

Selbstverständlich wollte ich annehmen, jedoch beunru-
higten mich die erwähnten Risiken. Ich hatte nicht vor am
Schreibtisch oder so zu sterben. Also habe ich sie Nach den
Risken gefragt.

„Du wirst ärztlich beaufsichtigt, jedoch
kann ich dir keine genauen Risiken nennen"

Ich war neugierig also hatte ich vor die Akte zu öffnen,
doch dann kam Plopp auf mich zu und drückte seine Hand
auf sie damit ich die Akte nicht zu mir nehmen und öffnen
konnte.
    Zuerst dachte ich das wäre ein Test, um zu gucken, ob
ich anders an Informationen komme, doch Mrs Adams sah
mich ernst an.

„Wenn du die Akte jetzt öffnest, gibt es kein
zurück mehr. Mit dem Öffnen der Akte beginnt
ein neuer Lebensabschnitt für dich.
bist du dir sicher, dass du bereit dafür bist?"

Es gab für mich viele unbeantwortete Fragen aber es war
wie ein Selbstgespräch. Mit mir hat niemand mehr gesprochen, aber ich wollte antworten also nickte ich Adams an

und sie sah Plopp in die Augen. Kurzdarauf nahm er seine Hand von der Akte und ich zog sie zu mir und öffnete sie.

„Project Actor"

Der Name für ein Projekt, bei dem es um eine Agentin geht, die ihre Gefühle zurückstecken kann.

Der Name für ein Projekt beidem ein Mädchen die Verantwortung für ein ganzes Land in ihrer Hand hat. Der Name für ein Projekt bei dem ein Mädchen zum Schutz aller gebaut wird.

Es dauerte einige Zeit, bis ich alles wusste aber das härteste für mich war es als ich erfahren habe das meine Schmerzempfindlichkeit mit einem besonderen Mittel genommen wird.

Natürlich wäre es cool keine Schmerzen zu haben, jedoch haben mir die Ärzte gesagt, dass ich die erste und einzige wäre die diese Behandlung bekommen würde. Ich hatte Angst, dass ich irgendwelche Nebenwirkungen bekommen würde, aber alle meinten das schon alles gut gehen würde.

Adams und Plopp wichen mir nie von der Seite und ich habe gehofft, dass ich meiner Mutter oder Lewis davon erzählen könnte, aber alles musste geheim bleiben.

Nicht das es schwer wäre etwas geheim zu halten, wenn man kein Handy hat.

Am Abend vor meiner Behandlung war Thomas zum ersten Mal bei uns zum Essen und es war schön ihn kennen zu lernen. Leider hat er sich verraten. Zumindest bei mir.

Er hat davon geredet, dass der nächste Tag für mich aufregend werden wird. Natürlich wollte Mom wissen, was ich vor ihr verheimlichte, also musste ich irgendwas zusammenbasteln. Würde man sie also fragen, wo ich bin, dann hätte sie zu 100% gesagt, dass ich bei einem Geschäftsessen wäre, weil ich die beste Arbeiterin bin.

Es tat mir echt leid ihr nicht die Wahrheit sagen zu können. Mir tat es auch leid, dass keiner meiner Freunde merkte, dass ich nicht mehr online war. Wahrscheinlich hat mir Mark schon die tausendste Nachricht geschrieben, aber es tat auch mal gut, ohne sein Handy das Leben zu leben.

Ich kann mich noch dran erinnern, dass Thomas später am Abend zu mir kam und mir versprach meiner Mutter nichts zu sagen und sie den Nächsten Tag vom Haus fernbleiben würden. Das war der Moment, wo er mir zum ersten Mal sympathisch wurde.

Er hielt sich an sein Versprechen. Als ich am nächsten Tag wach wurde waren die beiden nicht mehr im Haus und ich konnte entspannt auf den Helikopter warten, der mich auf direkt Weg ins Labor brachte, wo Adams, Baker, Plopp und die Ärzte schon auf mich warteten.

Mir wurde präzise erklär, wie die Behandlung funktioniert und ich gab mein Einverständnis.

An Vieles konnte ich mich nicht erinnern. Erst ging ich zu einem Behandlungstisch und um mich herum waren viele Spritzen und so ein Behälter mit einer Violetten Flüssigkeit.

Danach war ich auf dem Behandlungstisch und bekam eine Narkose. Das letzte, was ich weiß, war, dass Plopp und Adams meine Hand hielten, bis ich einschlief.

Mir hat keiner davon erzählt, was alles passiert ist aber als ich wieder aufwachte sagte mir einer der Ärzte, die mich behandelten, dass alles gut verlaufen sei.

Ich hatte Probleme mich zu bewegen, weil mein Körper erst mit dem Mittel zurechtkommen musste, aber ich hatte eine tolle Unterstützung.

Als ich nach Hause kam bekam ich eine Krankschreibung wegen Überanstrengung und noch so anderer Sachen.

So konnte meine Mutter nicht merken das ich eine Operation hatte. Es dauerte drei Monate, bis ich wieder Arbeiten konnte.

Meine Mom sagte mir, dass ich langsamer am Computer tippen sollte. Ich musste lachen, weil die Sache mit dem Computer vorbei war, aber ich nahm ihren Rat langsam zu machen an.

Es begann ein neuer Abschnitt wie es Mrs Adams gesagt hatte. Wir saßen zusammen und wir besprachen meinen ersten Fall.

Mein erster Auftrag als mein neues Ich.

-Kapitel 4-

...Auftrag"

Wer hätte es gedacht. Ich wurde eine Art Heldin für viele Menschen. Vor zwei Wochen war mein erster Auftrag und ich habe erst nur ein Diebstahl aufgehalten doch die Menschen lieben es eine Heldin zu haben.

Seitdem hat sich einiges getan. Meine Tante Grace verstarb am 1. Mai. Wir hatten nur wenig Kontakt aber wir haben uns immer gut verstanden.

Seitdem sie zwölf Jahre alt war, hatte sie Leukämie. Zwischenzeitig wurde der Krebs besiegt, doch er kam wieder.

Ihr tat es leid, dass ihr Sohn Brendan ihr Leid mit ansehen musste, also war er oft bei Freunden. Nun hat sie den Kampf verloren und ich habe keinen Kontakt mehr zu Brendan. Er war schon immer jemand mit einer großen Geschichte, aber bisher war keiner bereit sie zu lesen.

Es war ein normaler Tag als ich in die Zentrale kam, doch dann ging das Los, wovor es mir lange vorher graute.

Umstyling!

Adams wollte mir einen Anzug erstellen lassen, den ich als Heldin tragen kann und eine neue Frisur sollte ich auch bekommen.

Zuerst wollte sie mich aussehen lassen wie ein gelbes Gummientchen mit Umhang und dann wie ein Model. Schlussendlich trug ich mein Markenzeichen, also die Lederjacke und ein weises Shirt. Zudem eine blaue Jeans. Natürlich sieht das nicht heldenhaft aus aber eine Schauspielerin verkleidet sich nicht, sondern spielt ihre zugeteilte Rolle.

Meine Rolle war es eine rebellische Tochter zu spielen die Ihren Vater einer bösen Partei aushändigt. Ich denke nicht, dass ich in einem Entenkostüm aussehe wie eine Rebellin.

Jedoch war das Kostüm nur die halbe Miete.

Adams wollte mir eine neue Frisur verpassen. Erst haben wir überlegt Locken zu nehmen, aber ich kann nicht vor jedem Auftritt in der Öffentlichen als Heldin mir Locken machen, die am Ende eh nur 5 Minuten halten.

Ich entschied mich für einen Hochgebundenen

Pferdeschwanz. Eigentlich war ich mit meinem neuen Look zufrieden aber Mrs Adams wollte unbedingt das ich meine Haarfarbe ändere. Meine Mom hätte es mir nie erlaubt meine Harre zu färben also beschlossen wir mir strähnen zu machen.

Die Frage nach der Farbe war nur schwer zu beantworten. Von blau über schwarz zu Rot, aber nichts schien wirklich perfekt.

Später kam ich auf die Idee mit den violetten Strähnen. Meine Erklärung war, dass das violette Serum nun ein Teil von mir ist und das sollte zu sehen sein. Die Stylisten und die Führungsebene fand die Idee gut und prompt sahs ich auf dem Frisierstuhl.

Das Violett sah leicht verwaschen aus so als wäre es ein Fleck in meinem Haar. Den anderen hat es auch gefallen und dann wollten sie das Outfit mit der Frisur sehen.

Das hieß für mich noch in der Nacht eine Moden Show zu machen.

Während ich mich fertig machte, stellten die anderen einen Stuhlkreis wie im Kindergarten auf und für mich wurde ein Spiegel in die Mitte des Kreises gestellt.

Als ich fertig war saßen die dann da alle voll begeistert. Ich stellte mich vor den Spiegel und war von meiner „Verwandlung" erstaunt.

Während ich also nachdachte, hat mich Adams beruhigend angeguckt. Natürlich war ich anfangs verwirrt, immerhin wurde ich als Heldin bezeichnet.

„Bin ich der neue Captain America?"

Alle haben mich danach ausgelacht oder gekichert als wäre die Frage die leichteste der Welt aber für mich war sie schwer zu beantworten.

Ich war zu dem Zeitpunkt 16 Jahre alt. In dem alter trifft man Freunde und hat Spaß, aber man kümmert sich nicht um die Sicherheit eines Landes und wird zur Agentin.

Mrs Adams war so nett und hat das Lachen als erste beendet, weil sie merkte das ich das ernst meinte.

„Captain America ist ein fiktiver
Mann und trägt einen engen Anzug.

Er ist ein Teeny Schwarm. Außerdem
ist er ein Held und du nicht! Du bist eine junge Frau, die
sich für die Sicherheit
eines Landes einsetzt."

In meinem Kopf murmelte ich alles Mögliche vor mich
her unteranderem das ich noch gar keinen Namen hatte. Ich
finde mich nicht sehr schlau, aber ich habe schnell den perfekten Namen gefunden, jedoch wollte ich ihn noch nicht
direkt den anderen verraten. Für die war das kein Problem,
doch wissen Sie, was ein Problem war?

Die eigene Mutter von Violetten Strähnen zu überzeugen. Ich konnte sie schlussendlich doch davon überzeugen
und schnell gehörte es zu unserem gemeinsamen Alltag.

Zudem war Thomas eine gute Hilfe. Ich war anfangs
zwar misstrauisch, aber es ist praktisch jemanden zu haben
mit dem man über Geheimnisse reden kann, die keiner erfahren soll.

Ich kann mich noch an unseren „neuer Freund, der Mutter, Tochter Tag" erinnern.

Da sind wir für ein Treffen mit der Führungsebene zu-
sammengekommen.

Würde man also meine Mutter fragen, wo ich war,
würde sie von einer Shoppingtour reden. In Wirklichkeit
haben wir eine wichtige Mission besprochen. Dieses Mal
rette ich keine Katzen von Bäumen oder halte Verbrecher
auf die vorhaben eine Bank auszurauben.

Dieses Mal werde ich Schauspielern!

Es gibt eine Böse Organisation, die auf der Suche nach
besonderen Menschen ist.

Die E.I.K ehemals die Abkürzung für EinIgKeit steht aber nicht so auf Blutbäder. Sie achten auf Diskretion und gehen mit Geiseln weniger blutig um. Raten Sie jetzt mal, wer für die netten Leute arbeiten soll. Genau, ich. Seit Monaten ist die IT-Abteilung von Project Actor damit beschäftigt der anderen Seite zu schreiben und fake Artikel zu schreiben.

Schlussendlich wusste die E.I.K das Thomas ein geheim für den Staat arbeitender Mann ist. Er sollte Zugang zu wichtigen Dokumenten haben. Meine Rolle war es seine rebellische Tochter zu sein die ihn später an die E.I.K verkauft und für sein leiden verantwortlich sein wird.

Als das Konzept stand mussten wir trainieren.

Weil wir nicht viel Zeit hatten, brachte Thomas mir leichte, aber eindrucksvolle Kampf Künste bei.

Ich wusste nicht, dass er so muskulös ist und auch nicht, dass er so akrobatisch sein kann. Als ich dann wusste, was er alles draufhat, machte ich mir dann auch keine Sorgen mehr was die Beziehung zwischen ihm und Mom angehen würde.

Wir wurden wie Freunde. Plopp wird zwar für immer mein Lieblingskollege sein, aber Thomas kommt direkt nach ihm.

Wir beide machten uns Gedanken wie wir Mom davon überzeugen könnten uns zu erlauben zu zweit über Wochen zu vereisen. Sie hat nie mitbekommen, wie gut wir uns verstehen. Wir brauchten einen Plan!

Plopp besorgte mir einen Bogen zum Ausfüllen, in dem es um einen Betriebsausflug ging.

Eine Person, der die Familie vertrauen kann, musste mich begleiten, wenn es meine Eltern nicht konnten.

Thomas besorgte für Mom einen Gutschein der genau über das Wochenende, an dem ich losfahren müsste, war.

Der Plan war es, dass mich meine Mutter nicht begleiten könnte und Thomas sich bereit erklärt.

Genau so haben wir es gemacht aber wie befürchtet wollte Mom mich nicht gehen lassen.

Ich hab alle Argumente geliefert, die mir einfielen und habe meine Überredungskünste genutzt, die mir schlussendlich die Einwilligung brachten.

-Kapitel 5-
Mark

Plopp hat mir wie versprochen ein neues Handy besorgt. Es war jetzt kein IPhone 12, aber wer brauch das schon? Mark hatte mich komplett zugespammt. Die Zeit, seitdem ich kein Handy hatte, war lang und Mark hat mir viel geschrieben.

Sehr viel.

Er wollte wissen, wann wir die Leseprobe machen wollen, wie es mir geht, wo ich bleibe, warum ich ihn nicht sehen wolle und schlussendlich war er so genervt, dass er mich blockiert hatte. Da habe ich auch zum ersten Mal gemerkt, was er eigentlich von mir wollte.

Warum muss eine Frau eigentlich immer nur als Objekt gesehen werden.

Wir kämpfen für Gleichberechtigung, sind hilfsbereit und sind generell genauso wichtig für diesen Planten wie Männer auch.

Es wird Zeit das sich etwas ändert!

Aber wie will man in jeden Kopf eindringen und die Gedanken als auch das Gewissen ändern?

Ich war froh, dass Mark nicht mehr geschrieben hatte. Immerhin musste ich mich auf eine Mission vorbereit und da kann mir kein selbstverliebter Typ helfen.

Das war eine Mission die alleine Thomas und ich absolvieren mussten.

Ich wollte kein Geld oder Aufmerksamkeit. Alles, was ich wollte, war helfen. Niemanden in Gefahr bringen, kein Aufsehen erregen, keine Presse auf mich aufmerksam machen. Das müssen Sie mir glauben!

Mark war das Gegenteil von mir. Er wollte um jeden Preis berühmt werden.

Beim Casting hatte sich herumgesprochen, dass er im Schulmusical dem Hauptdarsteller „aus Versehen" den Arm gebrochen hat.

Mark musste einspringen und bekam sogar ein TV-Interview.

Angangs dachte ich, dass es normal ist, wenn so ein Drama um einen herum gemacht wird aber jetzt in genau diesem Moment weiß ich, dass es nicht so ist. Die Geschichte mit Mark und der Mission hat mir gezeigt, dass jeder selbst für sein Handeln verantwortlich ist.

Als ich Sie angerufen habe war es mein Ziel gewesen alles in der Richtigen Reihenfolge zu erzählen und es leicht zu machen jedoch gehört ein wichtiger Aspekt genau in dieses Kapitel.

Ich werde Mark nicht mehr sehen müssen und ich bin froh von einem wie ihm verschont zu sein. Mädchen in meinem Alter werden auf ihr Aussehen reduziert, aber keiner achtet auf die Taten, die wir ausüben und genau das will ich ändern!

Auch wenn ich erst 16 bin, weiß ich was ich will und ich werde raus in die Welt gehen und mein Bestes geben für alle ein gutes Beispiel zu sein. Ich sage bewusst nicht „für alle wie mich."

Denn jeder ist auf seine Art besonders und jeder soll inspiriert sein und nicht nur Personen, die denken sie seihen wie ich.

Viellicht verstehen Sie jetzt warum es mir so wichtig war Mark zu erwähnen.

-Kapitel 6-
Die E.I.K

Eigentlich kann ich nicht viel zur E.I.K sagen.

Es wurde ein extra Archiv für Mitglieder von *Project Actor* eingerichtet. Von dort hatte ich alle Angaben, die ich brauchte.

E.I.K war früher die Abkürzung für:

Evil is King

Früher war 1913. Ein Schweizer dessen Vorfahren aus Wales waren entschied sich eine Organisation zu gründen, um Deutschland einzunehmen.

Er hieß David Bale und war als er seine Organisation gründete, gerade einmal 26 Jahre alt. Aus einem Schweizer wurden zehn und aus zehn wurden hundert.

Bald wurden es über Tausende.

Bis auf wenige Ausländer waren sie alle Schweizer. Sie bereiteten sich vor, um einen Krieg zu starten und die Medien aus aller Welt auf sich zu ziehen.

Die Planung ging ein Jahr und Sie entschieden sich am 1. August 1914 anzugreifen. Es sollte ein Lauter Aufschrei im sonnigen und idyllischen Sommer sein. Doch am 28. Juli brach der 1. Weltkrieg offiziell aus.

Die E.I.K wusste, dass sie nicht auffallen würde und blieb im Untergrund. Sie haben über die Jahre geplant und wurden kreativ.

Sie entschieden sich gegen den reinen Angriff. Entweder griffen sie an oder sie nahmen Geiseln.

Niemand bekam etwas von ihrer Existenz mit, denn jeder der sie entdeckte konnte nicht mehr sprechen.

Beim Ausbruch des 2. Weltkriegs verkleideten sie die Organisation als Unterkunft für Flüchtlinge. Doch als die Türen zufielen blieben sie geschlossen.

Das war die Phase, wo Massentests durchgeführt wurden. Als die Öffentlichkeit merkte, dass viel weniger Flüchtlinge da waren als geflüchtet sind wurde ermittelt und die E.I.K wurde entdeckt.

Vor seiner Verhaftung erschoss sich Bale doch seine Nachfolger machten weiter denn die Ermittler haben etwas unterschätzt.

Die rebellische Lust auf Abenteuern von Teenagern und das offene rumliegen lassen von Waffen.

Immer wieder wurden Jugendliche verhaftet die die E.I.K wiederaufbauen wollten. Nach ein paar Jahren wurden dann die Lager leergeräumt und zerstört damit es zu keinem neuen Ausbruch der Organisation kommen kann.

Von da an wurde die Welt ein Stück schöner. Das alles passierte ein halbes Jahr nach dem Ende des

2. Weltkrieges.

Einige Jahre später, folgte der Mauerfall in Deutschland und man konnte Sich für den Moment ausruhen.

Lange Zeit schien es ruhig und einige hielten sich für unberechenbar. Als dann später der Euro eingesetzt wurde begann erneut eine völlig neue Zeit mit Höhen und Tiefen.

2003 kam die E.I.K wieder. Nicht mehr mit einem Internationalen Namen, sondern auf Deutsch

EinIgKeit

Dort begann meine Seite der Geschichte. Mein biologischer Vater gehörte zu ihnen als sie 2003 wieder ins Licht traten.

Meine Mutter wusste nicht viel über die Orga. Sie hielt ihn für einen Soldaten und fand es toll, dass er so verantungsvoll ist.

Mom hat mir erzählt das sie 2004 erfahren hat was für schlimme Sachen er eigentlich gemacht hatte.

Sie erzählte von einer Stürmung auf ein bekanntes Fernsehstudio. Dort haben sie feierlich und offiziell gesagt, dass sie wieder zurück sind.

Die Menschen hatten Angst und meine Mutter auch. Er blieb bis zu meiner Geburt bei Mom. Danach war er öfter weg und entschuldigte sich dann immer mit Geschenken.

Dann ließen sich meine Eltern scheiden. Ich weiß noch, wie mein Dad in mein Zimmer kam und es mir erzählt hat, aber ich wusste schon damals das alles gelogen war. Ich konnte eines Abends hören, wie sie stritten und, dass meine Mutter ihm vorgeworfen hat, dass er sich weniger mit Frauen treffen soll und mehr für seine Tochter da sein soll.

Es war für meine Mutter eine schwere Zeit doch als die Scheidung am Ende durch war hat sie sich gefreut erst einmal von ihm weg zu sein. Und dann kam ich in das Leben von Plopp.

Damals hat die Führungsebene einen Mann gesucht, der dafür sorgt, dass die E.I.K für immer ausgelöscht wird.

Plopp war anfangs nur ein Praktikant, aber dann bekam er die Rolle jemanden zu finden. Er erzählte mir, dass er in seinem Urlaub mich gesehen hatte, wie ich Ritter gespielt habe.

Franklin sollte der Prinz sein, den ich beschützte.

Plopp machte ein Video von mir und hat es an die Führungsebene gesendet. Sie gaben ihm das Okay und seitdem wurde ich beschattet.

Ich kam das erste Mal 2010 mit der E.I.K in Verbindung. Im Fernsehen gab es den Bericht das die Orga jetzt von einem Wladimir Atansnow geleitet wird.

Er kam aus Russland aber das Alter wusste ich nicht mehr. Es gab diese eine Schreckensmeldung. 2011 haben meine Mutter und ich fernsehe geguckt und plötzlich war das Programm weg. Der gefürchtete Schwerverbrächer Eugen Kozlow wurde tot vor einem Polizeirevier entstellt gezeigt.

Meine Mutter hielt mir die Augen zu damit ich das Bild nicht sehen musste. Als ich später ins Archiv der E.I.K ging sah ich auf einem Bild das Kozlows Füße gebrandmarkt waren. Auf beiden Fußsohlen stand E.I.K.

Ich gehe davon aus, dass die Scene bewusst nicht im Fernsehen gezeigt wurde, um keine Angst zu verbreiten. Mehr Informationen konnte ich nicht finden.

Wenn ich ehrlich sein darf, hatte ich auch nicht sonderlich viel Lust jeden Schrank zu durchwühlen.

Ich reduzierte mich auf die großen auffälligen Akten. Als ich die Akten gelesen habe, habe ich mir wichtiges Wissen angeeignet und ich lernte die Schwächen als auch die Stärken der E.I.K auswendig.

Ich war bereit für die Mission.

-Kapitel 7-
Und Action!

Wochenlang hat das IT-Team mit verschlüsselten Nachrichten der anderen Seite geschrieben.

Wochenlang wurde mir Hackersprache und das Professionelle Hacken beigebracht (Spoiler: Ich hab's nicht gebraucht)

Wochenlag hat mir Thomas das Kämpfen beigebracht.

Und…

mein ganzes Leben lang
war ich bereit - fürs
Schauspielern.

Einen Tag vor der Mission verabschiedete ich mich von Mom und wünschte ihr einen entspannenden Aufenthalt.

„Und bitte denk dran! Auf dem
Ausflug bin ich nicht erreichbar"

Nach einer Umarmung verschwand sie im Taxi und als sie außer Sichtweite war ging ich in mein Zimmer, um meine Sachen zu packen da ich früh schlafen gehen musste. Um genau - Punkt, 04.00 Uhr morgens stand er vor der Tür.

Als ich Thomas die Tür öffnete war er top fit. Meine Haare waren nicht mal gekämmt und ich sah aus wie ein Zottelbär. Ich machte ihm zum Überbrücken der Zeit meinen Spezialkakao. In der Zeit, wo er am Trinken war, machte ich mich fertig.

Danach fuhren wir in eine Lagerhalle, wo die Führungsebene auf uns wartete.

Bei ihnen stand ein alter Van in dem Klamotten für uns waren.

Wir beide zogen uns um und Sie hätten Thomas sehen sollen.

Er sah wie der größte Nerd aus mit seiner Brille und dem Pollunder.

Ich hatte eher ein rockiges Outfit. Dunkelblaues Shirt und der der Rest war schwarz.

Ich bin davon ausgegangen, dass wir mit 'nem Helikopter zum Treffpunkt fliegen würden.

Da wurde ich schnell darauf hingewiesen, dass

ich - Thomas und mich sicher nach Berlin zu diesem Treffpunkt fahren sollte.

Bis zu diesem Zeitpunkt habe ich noch die ein Auto gefahren, geschweige denn einen Van.

Plopp hat mir viel Glück gewünscht und ich habe die Angst in seinen Augen gesehen. Ich wusste nicht genau wie ich weiter machen würde doch egal wie ich war bereit. Per Videoanruf waren die anderen uns zugeschaltet. Wir haben die Kamera gut versteckt damit, falls der Van durchsucht, werde würde uns nichts auffliegen lassen würde.

Außerdem konnte man den Van zur Not fernsteuern, aber es sollte nicht auffallen das ich verdeckt ermittle. Also gab ich mein Bestes im Verkehr.

Die ganze Fahrt über sahs Thomas hinten drin und er tat mir echt leid so wie ich gefahren bin.

Zum Glück gab es keine Polizeikontrollen.

Einzig ein Mann mit roten locken und ner Tüte Chips in der Hand der mich anstarrte als hätte ich noch die einen Van gefahren.

Habe ich auch noch nie aber wusste ja keiner auf der Straße.

Thomas und ich redeten während der Fahrt. Am besten wäre es gewesen, wenn wir nie das Thema angefangen hätten.

„Hast du eigentlich einen Freund?
Oder eine Freundin?"

Im Spiegel sah ich, dass ich rot angelaufen war. Noch nie hatte mich jemand darauf angesprochen und so sollte es auch bleiben. Schnell musste eine Antwort her.

„Natürlich habe ich Freunde"

Er war nicht zufrieden mit der Antwort und versuchte es ein weiteres Mal.

„Ich will nicht über das Thema reden und wenn

Mom dir etwas in die Richtung gesagt hat stimmt
Es nicht! Ihr fehlt ein wichtiger Teil meines Lebens"

Mehr wollte ich nicht sagen. Außerdem waren wir in 10 Minuten da und wir mussten uns vorbereiten. Ich Fuhr rechts ran und fixierte seine Beine so wie seine Hände. Am Ende steckte ich noch ein Tuch in den Mund damit es glaubwürdiger aussah.

Danach fuhren wir weiter. Es fing gerade an zu regnen als ich auf einen ehemaligen Supermarktparkplatz fuhr.

Ein Schwarzer Van stand dort und drei Männer vor ihm. Einer links und einer rechts. Sie waren die Bodyguards von dem in der Mitte. Dieser war groß und zierlich.

Ich fuhr direkt auf sie zu und hielt kurz vor ihnen an. Selbstbewusst stieg ich aus und öffnete die Van Tür, um Thomas herauszuziehen. Die drei Männer verzogen keine Mine. Ich packte Thomas an den Händen und zog ihn raus. Mit einem tritt fiel er vor die Füße der drei.

> „Hier ist er Jungs
> macht mit ihm was
> auch immer ihr wollt
> Mir ist das sowas von
> Egal"

Die Bodyguards neigten sich zu ihm runter. Der Rechts und der Links nahmen jeweils einen Arm und zogen

Thomas in ihren Schwarzen Transporter. Ich wartete darauf, dass mir angeboten wird mitzukommen, um zu sehen, was sie anstellen würden. Der Mann in der Mitte blieb aber stehen ohne eine Regung. So als ob er auf etwas wartete, das von mir kommen sollte, doch ich hatte keine Ahnung, was mein nächster Schritt hätte sein können.

Ich konnte nicht wie ein kleines nettes Mädchen fragen was er wollte, also machte ich das, was von Anfang an geplant war. Es war Showtime mein erster Auftritt als Schauspielerin!

„Ey Kollege hast du
Nicht was vergessen?"

Der Mann mit den schwarzen und von Gel glänzenden Haaren konnte seinen Osteuropäischen Akzent nicht verbergen.

„Verzeihung junge Dame
Planänderung"

Sein Grinsen kam dem eines Schimpansen überraschend ähnlich. Auf einmal kam einer seiner Bodyguards auf mich zu, zog mir einen Sack über den Kopf und zog mich zu dem Transporter in dem auch Thomas lag.

Dort drückte er mich rein und verschloss die Tür. Ich hätte Kämpfen können, aber was wäre gewesen, wenn ich dann aufgeflogen wäre? Das konnte ich nicht riskieren und falls ich in der Zentrale der E.I.K nicht ankommen wäre, sondern an einem gruseligen See oder so hätte ich immer noch kämpfen können. Zu dem Zeitpunkt durfte ich noch nicht auffliegen. Ich konnte hören, wie der Typ, der mich eiskalt angelogen hatte, mit jemandem stritt.

Weil ich keine zweite Stimme hören konnte, ging ich davon aus, dass er telefonierte.

Er sprach davon, dass er jetzt auf dem Weg wäre und pünktlich ankommen würde.

Es war dunkel und kalt als er Motor startete. Für mich war es nicht allzu schwer zu bemerken das wir nur im Kreis fuhren.

Rechts, Rechts, Rechts und nochmal Rechts

Das ging dann viermal so und langsam wurde ich Müde. Zuletzt bekam ich mit wie mich Thomas fragte, wie es weiter gehen würde. Das war meine erste Mission. Bis zu dem Zeitpunkt kannte ich diese Situation nur aus Filmen also war es schwer die richtige Antwort auf die Frage zu finden.

Wenn mir die Filme etwas beigebracht haben, dann das es wichtig ist immer einen kühlen Kopf zu bewarfen.

„Wir machen es genauso
Wie wir es geplant haben!"

Mehr ist mir nicht eingefallen. Die Müdigkeit übermannte mich und meine Augen schlossen sich.

Es war wie in einem dieser Räume in denen Verbrächer verhört werden, in dem ich aufwachte. Keine Spur des Transporters, Thomas oder meiner Entführer.

Es gab nur einen Raum und mich. In dem Raum waren Dreiecke an den Wänden die wie ein Puzzle perfekt ineinanderpassten. In der Mitte des Raumes stand ein Tisch aus Holz der von einer Deckenleuchte bestrahlt wurde. Ich sahs in einer der vier Ecken und sah mich um. Was mag wohl in den letzten Stunden passiert sein?

Ich wollte aufstehen und habe mich an einem Stromkasten über mir gestoßen.

Mir war langweilig und ich habe mir vorgestellt ich wäre in einer Tricksendung und ich müsste den Ausweg finden. Also öffnete ich den Kasten und sah schnell, dass die Kabel falsch verbunden waren. Ich steckte sie mit völligem Bewusstsein um. Natürlich hätte ich einen Stromschlag bekommen können habe ich aber nicht. Also brauchen Sie sich keine Sorgen zu machen.

Kaum war ich fertig öffnete sich eine geheime Tür. Da wurde mir klar, dass Die Typen dort nur testen wollten, ob ich wirklich so clever bin, wie sie es gelesen hatten. Das Training vor der Mission war somit eine gute Hilfe.

Als ich durch die Tür ging war ich in einem Raum dessen Wände schwarz waren und Laserschranken versperrten die nächste Tür. Vor mir lag auf einem Stück Glas ein Spiegel und Holzbretter. Wahrscheinlich sollte ich mit dem Spiegel die Laserstrahlen umleiten, aber warum soll ich groß nachdenken, wie ich den Spiegel legen muss, wenn ich auch das Glas zerschlagen kann und die Splitter in die Löscher drücke, woher sie kommen? Der Laser war kaputt und ich konnte in den nächsten Raum. Dort lag ein Tablet auf dem Boden mit drei Zahlen.

Ich drückte auf die 2385. Der Entführer mit dem Akzent klatschte.

> „Alles richtig nur die Zahl nicht.
> 205 wäre richtig gewesen aber
> wer mich nicht kennt kann sowas
> auch nicht wissen"

Er brachte mich aus dem Bereich, wo ich getestet wurde, hinaus auf den Flur. Wo ich auch hinsah, waren nur Männer.

Wie Sie wissen, bin ich gegen die Reduzierung auf mein äußeres. Von allen Seiten wurde ich angeguckt. Als wäre ich etwas Besonderes.

Ich versuchte die Blicke und das Gepfeife auszublenden.

Wir gingen durch die Flure, bis wir bei einige Zellen waren. Überall war ein Großes Glasfenster eingebaut. Ausgerechnet vor Thomas Zelle blieben wir stehen.

> „ich sollte dir danken.
> du hast meine Sammlung
> vervollständigt. Nun kann
> ich anfangen meine Welt
> zu formen"

Ich wollte wissen, was er meinte.

Die Frage blieb nicht lange unbeantwortete. Er ging mit mir durch einen kleinen und dunklen Nebengang. Am

Ende des Ganges, was ein Licht das mit jedem Schritt größer wurde. Am Ende stand ich vor einer Tür, die er öffnete.

Es war ein Gigantischer Saal. Er war voll mit Menschen unterschiedlicher Herkunft und Alter. Sie schienen zufrieden und ganz normal. Auf einmal machte der Mann ein Geräusch und alle blieben stehen. Sie bleiben jedoch nicht normal stehen, sondern genauso, wie wenn man eine Aufnahme mittendrin anhält und die Gesichter verzerrt sind, oder es aussieht, als ob jemand fliegt.

> „Das hier ist der Anfang meines
> Reiches. Ich will eine Armee
> errichten. Die E.I.K wurde zu oft
> entdeckt, doch das wird nicht mehr
> so sein, wenn sich Stück für Stück jeder
> Mensch sich ihr anschließt. Wie bei
> einem gezüchteten Virus werden
> wir sie raus lassen um mehr zu uns
> zu bringen. Sie werden alle eine
> Gehirnwäsche bekommen und nur
> noch auf mich hören"

Mir blieb der Atem stehen als er sagte das alle unter seiner Herrschaft leben sollen.

Es war in meiner Vorstellung unmöglich jeden Menschen dazu zubringen aber jeder der kam würde eingesaugt werden. Sie würden wie ein Dieb in der Nacht heimlich die Länder besetzten.

Ich verstand, dass diese Mission kein Kätzchen ist, das vom Baum geholt werden musste, sondern dass das hier der Baum ist, der kein Kätzchen retten lässt. Es war wichtig Adams und dem Rest der Führungsebene Bescheid zu geben, doch mir wurde mein Handy abgenommen und telefonieren durfte ich nicht.

Ich konnte nur seiner Rede lauschen, die mir mehr Informationen gab. Unteranderem habe ich erfahren das es nicht mehr E.I.K heißen sollte.

Der neue Name sollte Stku heißen und steht für:

Serving the King united

Auf Deutsch würde es, *Dem König geeint dienen* heißen. Es sollte ein internationaler Name werden damit jeder die Botschaft hinter der Organisation verstehen würde.

Nach der Gehirnwäsche wären sie wie betrunken gewesen. Sie hätten alles gemacht ohne jegliches wissen, was sie gerade tun würden.

Das war nicht mehr nur der Anfang von etwas Großem - ich war auch noch Mittendrin.

Um mehr zu erfahre musste ich ein Teil von ihnen sein also beschloss ich weiterzumachen.

Nur so würde ich genug erfahren, um die Stku dann zu treffen, wenn sie es nicht erwarten würden.

-Kapitel 8-

Halbzeit

Richard Stevens. Der Typ, der sich durchgehend um mich bei der Stku kümmerte und mich entführ hatte. Viellicht war es für Sie offensichtlich, aber er war der Boss. Nicht irgendein Boss, sondern der Boss.

Wladimir Atansnow wurde sich selbst zum Opfer. Bei dem Versuch eine Waffe gegen Religiöse Menschen zu nutzen hat er sich ein Eigentor geschossen.

Er wollte wie im 2.Weltkrieg Religiöse Personen vergasen.

Das hört sich natürlich enorm krass an, aber so hat es mir Stevens erzählt.

> „Er wollte dabei sein als das Gas
> geholt werden sollte. Auf der
> Fahrt zum Lager wurde ihnen ein
> Gasleck zum Verhängnis. Alle Personen
> in dem Wagen waren tot"

Ich hätte ihn eigentlich Fragen sollen ob ich meine Mutter anrufen dürfte aber nach alldem, was ich erfahren habe, wäre es wichtiger gewesen mich bei der Agentur zu melden.

Hätte ich Mom angerufen hätte ich die Möglichkeit gehabt zu sagen, dass ich später komme. Viellicht wäre es auch dazu gekommen, dass ich mich für immer verabschieden hätte können

Hätte ich jedoch Mrs. Adams angerufen hätte sie versucht mich zu suchen und ich hätte geholfen mehrere Leben zu retten.

Ich ging zu Stevens, der sich gerade darum kümmerte, neue „Versuchsobjekte" zu finden, um seine Armee zu verstärken.

„Richard! Meine Mom kommt heute
wieder nach Hause. Wenn ich ihr nicht
sage wo ich bin oder wann ich wieder-
Komme, wird sie mich suchen"

Er sah mich desinteressiert an. Also musste ich eine Schippe drauflegen. Ich drehte mich von ihm weg und schlug gegen die Wand.

„Shit! Ich hätte nicht so auffällig sein dürfen"

Sein gesenkter Kopf ging nach oben. Er drehte sich um drückte die Hände zusammen und wollte wissen, warum und was an mir so auffällig war.

„Ja man. Es ist doch klar
dass die Leute auf der Straße
genauer hinsehen, wenn eine
16-jährige ohne Begleitung
auf der Autobahn fährt"

Er wurde stressig und ging hektisch den Gang auf und ab.

Es war nicht sein Ziel mich telefonieren zu lassen, aber wenn meine Mutter erfahren hätte das ich nicht Zuhause bin und nicht antworte hätte sie mich suchen lassen und schlussendlich die Öffentlichkeit sehen lassen können das die ehemalige E.I.K noch existiert.

Er lies mich mit einer seiner Wachen telefonieren gehen. Sie sollte darauf achten, dass ich nichts falsches sage.

Gemeinsam gingen wir den mit Lichtröhren beleuchteten grauen Gang entlang, bis sich ein Telefon an der Wand zeigte.

An einer Wählscheibe habe ich die Nummer gewählt und nahm den Hörer an mein Ohr.

„Hey Onkel Roger.
Hier ist Sarah. Ich weiß
wir hatten lange keinen
Kontakt, aber mir geht es
gut. Eigentlich wollte ich
Mom anrufen aber ich bin

auf einem Berufsausflug und
ich habe mein Ladekabel
vergessen. Also kann ich nur
einmal anrufen, weil mein
Akku fast leer ist. Sie soll sich
keine Sorgen machen. Bitte bring
ihr das ruhig bei. Es gibt hier
einen Kunden, der ist Kindergärtner
ich soll helfen ein mittel zu erfinden
damit die Kinder sich nicht zu
    schnell Anstecken. Das könnte mein
Durchbruch sein! Aber warum? Okay ich
sag das meinem Boss. Warum bist du so
ein Spielverderber? Nein ich sag dir nicht,
wo Ich bin. Selbst wenn ich könnte. Ja
okay Kein Wunder das Mom dich aus unserem
Leben geworfen hat. Ich komme ja.
Sag Mom, dass ich sie liebhabe"

Ich legte danach direkt auf. Das ganze Telefonat über hat keiner was gesagt. Ich habe Mom nicht angerufen und auch nicht Adams. Es war Plopp. Ich wusste, dass er verstehen würde, was ich sagte. Ich hatte Angst mich von meiner Mutter zu verabschieden, aber ich wusste auch nicht, was ich Adams sagen sollte, also beschloss ich einen meiner besten Freunde anzurufen.

Die Wache neben mir hat mich fest am Arm gepackt und brachte mich zurück zu Stevens.

Ich wusste, dass mein Leben nichts gegen das von Tausenden ist. Ich musste nur hoffen das Plopp alles verstanden hat.

Als ich wieder bei Stevens war hat er gerade mit so Forschern geredet. Es war wichtig also habe ich ihn angetippt, um zu sagen, dass ich in zwei Tagen zurück nach Hause müsste.

„Jaja"

Er war mal wieder gelangweilt von mir und wollte nicht genervt werden. Ich beschloss sein aufsehen durch die Forscher auf mich zu ziehen.

„Entschuldigung. Wann bin ich dran?"

In meiner kurzen Ausbildung zur Agentin habe ich gelernt, wie ich den Zugang in meine Gedankenwelt verschlüsseln kann. Es wäre unmöglich mich zu beeinflussen durch eine Gehirnwäsche. Also habe ich mich angeboten. Es war nicht schwer zu erkennen das Richard Stevens dagegen war, aber ich musste mehr zu seiner Organisation gehören und er musste endlich anfangen mich zu hören und zu respektieren.

> „Nicht so wie die anderen.
> Lasst mich eure Heldin werden.
> Ich werde mein Fassettenreichtum
> nutzen um Andere zu euch zu
> Führen. Somit wäre ich eure Soldatin.

Die die über die anderen herrscht"

Stevens schien die Idee doch zu gefallen und die Forscher waren bereit ihre Methode so umzustellen das ich die
stärkste bin.

-Kapitel 9-
Wiedersehen

Nachdem ich Mark nicht mehr geschrieben hatte, blockierte er mich. Das habe ich Ihnen auch bereits mitgeteilt. Sie wissen, dass er kein echtes Interesse an mir hatte, denn sonst hätte er auch versuchen können mich mit Brieftauben oder Rauchzeichen zu erreichen, aber da war nichts. Einfach nur Funkstille an die ich mich gewöhnt habe.

Einen Tag, nachdem ich mich als Testobjekt den Forschern angeboten habe, hat mir Stevens Unterlagen gegeben wo ich angeben sollte was ich will und was ich mir durch die Behandlung erhoffe.

Nachdem ich dann die Fragen penibel beantwortete, war ich auf dem Weg zu ihm. Einer der Mitarbeiter sagte mir dann, dass ich Richard im Saal antreffen würde. Auf dem Weg dorthin merkte ich, dass etwas nicht stimmte. Es war so enorm ruhig. Ich konnte sehen wie erniedrigt er war. Der Saal war bis auf ihn komplett leer.

„Tot. Alle tot"

Alles war ein großer Unfall. Richard Stevens ist gestolpert und es entstand ein Geräusch, das dafür sorgte, dass alle die in dem Raum eine Charakterumstellung bekommen, haben und aufeinander losgingen bis am Ende keiner mehr lebte.

Er wollte, dass ich den anderen helfe Fundorte ausfindig zu machen. Mein Job war es also zu überlegen, wo und wer gefunden werden soll. Keine sonderlich schöne Aufgabe, aber da musste ich durch. Ich durfte raus. Zum ersten Mal seit meiner Entführung war ich draußen. Mitten in irgendeinem Wald. Die rote Morgensonne wärmte meine Haut. Dann sah ich runter…

Auf dem Boden? Leichen nach Alter sortiert. Es war grausam, dass ich da sein musste. Die erste Person war die schwerste.

Patient #4574 Cally Mitchels

Sie war gerade einmal 11 Jahre alt. Ihr wurden unteranderem Haare ausgerissen. Es tat mir leid ein so kleines Mädchen vor mir liegen zu sehen. Ich konnte nicht einfach entscheiden, wo man ihre Leiche finden sollte. Es ging einfach nicht. Dafür war ich nicht bereit. Einer der anderen, der die gleiche Arbeit machte, hat mich von ihr weggezogen.

> „Geh weg Mädchen. Das hier
> sollst du nicht sehen. Lass mich
> das hier machen"

Ich wusste nicht, dass es dort auch Hilfsbereite und nette Personen gab. Als Ausgleich habe ich mich um seine Person gekümmert.

Mit meinem Klemmbrett vor den Augen ging ich zur nächsten Person.

Patient #4570 Mark Werner

Ich zog das Brett weg und sah Mark. Mir stockte der Atem. Für einen Moment habe ich alles, was zwischen uns passiert war vergessen. Er hat vielleicht nichts mehr geschrieben, weil er hier war und zu niemandem Kontakt haben durfte. Was ist, wenn es meine Schuld war, weil ich nicht geantwortet hatte? Sein Gesicht war kreidebleich und seine Augen waren so blau wie man sie von einer Schlägerei kennt.

Es war einfach furchtbar.

Ich war froh, dass ich das als Undercover Agentin mitbekommen habe um dem Ganzen ein Ende zu setzten.

Zuerst musste ich jedoch erst einen Fundort heraussuchen.

Ich wusste nicht, ob er Familie hatte und es wäre wahrscheinlich nicht sonderlich gut seine Leiche vor die Haustür seiner Familie legen zu lassen, oder?

Auch wenn ich seinen Charakter nicht gut gefunden habe, hätte ich ihm nie das gewünscht, was er jetzt ist. Leblos!

Es sollte nicht zu beängstigend sein, wenn er gefunden wird. Also beschloss ich ihn an in eine Pathologie eines

Krankenhauses legen zu lassen. Die Verantwortlichen würden seine Familie suchen lassen und er bekäme ein vernünftiges Begräbnis.

Ich wollte nicht, dass wenn es eine Person gibt, die zu ihm gehört sie nie erfahren würde, wo er ist. Nachdem ich Seine Akte mit dem Fundort abgegeben habe, setzte ich mich auf eine Bank. Ich konnte die ganzen Toten nicht mehr sehen und Stevens wohl auch nicht. Er hat sich neben mich gesetzt.

„Haben sie jemanden erkannt?"

Nach seiner Frage habe ich ihm von Mark erzählt und er hat daraufhin von einem Fall in der Familie gesprochen.

„Der vor mir. Er ließ meinen
Cousin umbringen. Einfach so
weil es ihm Freude bereitete"

Richard sprach davon, dass er besser sei. Das wenn er jeden Kontrollieren könnte, er dafür sorgen könnte, dass alle von den schlimmen Gedanken frei wären.

Ich fragte mich nur wie man so denken könnte. Er fing an davon zu erzählen, dass für den nächsten Tag alles vorbereitet sei. Ich sollte schon morgens um 06:00 Uhr losfahren. Er sagte mir, dass er mir vertraut und mir nicht die Augen verbinden würde. Ich dankte ihm und habe ihn sogar umarmt.

Er sollte denken, dass wir auf einer Ebene sind und er mir mehr der Organisation anvertrauen könnte.

In mir machte sich ein unwohles Gefühl breit. Ich würde Thomas zurücklassen und in der Zeit dürfte ihm nichts passieren.

> „Mein Vater. Ich möchte mich
> um ihn kümmern. Er soll meinen
> Schmerz fühlen. Wenn ich wieder
> da bin und deine Soldatin bin will
> ich ihn als erstes Leiden sehen"

Es war grausam so zu reden aber nur so bekam ich seine Zusicherung das Thomas nichts passieren würde. Als es kühler wurde wollte ich reingehen, doch Stevens hielt mich am Arm,

> „Es ist echt verdammt schade
> dass du nicht bleiben kannst"

Ich nickte nur immerhin sollte er kein falsches Bild von mir vor den Augen haben.

Drei Tage wäre ich Zuhause gewesen. Also drei Tage, um der Agentur alles zu sagen und Verstärkung zu rufen. Danach müsste ich zurück.

Ich müsste alles für das große Finale vorbereiten. Dazu würde es gehören neue Personen zu finden, um sie zu einer Armee zu machen (ich weiß nicht, wie ein Mensch so gestört sein kann und eine ganze Armee aus Menschen macht die es gar nicht wollen) und ich musste den Einmarsch in andere Länder planen. Ich würde wortwörtlich ein Virus auf die Welt lassen das keiner in den Griff bekommen könnte.

Es war mir zu gewagt dran zu denken welches Ausmaß, das haben würde. Doch es wäre katastrophal. Wenn ich das nicht schaffe, wäre alles um sonst gewesen und keiner könnte mir verzeihen.

-Kapitel 10-
Welcome home

Ich musste wieder einmal früh aufstehen. Um ehrlich Zusein schon um 04:30 Uhr.

In dem Zimmer ohne Fenster breitete sich meine Freude aus. Freude, weil ich wieder nach Hause konnte. Ich konnte die dunklen und kalten Hallen hinter mir lassen und endlich, auch wenn es nur für drei Tage war, mein Zuhause betreten. Ich zog das an, was ich die vergangene Zeit als ich dort war auch anziehen musste.

Ich habe es total vergessen vor meiner Entführung die Koffer zu packen verstehen Sie.

Kurz bevor ich bei meinem Fahrer sein sollte, schlich ich mich raus, um nach Thomas zu sehen.

Bis zu dem Zeitpunkt war ich noch nie so früh draußen und es war ein entspanntes Gefühl. Ich verspürte Sicherheit. Keiner war da der mir hätte was antun können. Als ich vor Thomas Zelle war schlief er.

Ein letztes Mal vor meiner Abreise konnte ich mich versichern, dass es ihm gut geht. Wie aus dem nichts hörte ich Schritte auf mich zu kommen. Ich wollte weglaufen, doch es war zu spät. Ich bin gegen Stevens gelaufen, der mich erst mal von sich wegdrückte.

Hinter ihm war einer dieser Wissenschaftler, die sich um mein Behandlung kümmern sollten. Vor meiner Abfahrt wollten sie die Behandlung durchführen. Ich war darauf nicht vorbereitete.

Ich wollte mit den anderen darüber reden, doch ich war zu nah dran, um jetzt aufzugeben. Ich ging mit ihnen in einen Saal.

Er war blau. Komische Geräte standen an den Wänden.

Der Wissenschaftler bat mich Platz zunehmen. Eine andere Wahl hatte ich nicht also habe ich mich auf diesen alten roten Leder Sessel gesetzt.

Richard hatte die Tür geschlossen und es hat angefangen ein Licht von der Decke immer Heller zu werden.

Es fühlte sich an als würde ich in das Licht fliegen. Eine Stimme sagte die ganze Zeit etwas Beruhigendes. Ich sollte einschlafen. Also habe ich etwas aus meinem Training gemacht.

Ich habe mich auf etwas anderes konzentriert. Mit meinen Augen habe ich Kreise gedreht und darüber nachgedacht, wie wir alle von der Agentur eine große Party schmeißen, weil wir gewonnen haben.

„Schläft sie?"

„Ja Mr. Stevens"

Ich schloss meine Augen und spürte, wie das Licht langsam dunkler wurde.

> „Sagen Sie mir wie lange
> wird es dauern bis sie wach
> sein wird?"

> „Sie dürfen sie jetzt wecken
> Mr. Stevens"

Ich tat so als würde ich gerade wirklich aufwachen. Sogar ein Gähnen habe ich vorgetäuscht. Das war in meinen Augen eine richtige Meisterleistung.

Ich spürte, wie eine Hand meinen Oberschenkel berührte und eine Hand über meine Schulter geleitete. Mit einer Todesangst bin ich hochgeschreckt.

> „Alles ist gut Sarah. Ich bin es.
> Richard Stevens. Wie geht es
> dir?"

Ich machte ihm klar, dass es mir gut ging und es Zeit werden würde aufzubrechen (Obwohl es nicht so beruhigend, war so die Hand von einem eigentlich Fremden auf der Schulter liegen zu haben)

Langsam stand ich auf und ging gemeinsam mit Stevens hinaus zu einem Van und dem anderen Arbeiter, der mich von dem kleinen Mädchen weg gebeten hatte. Ich hatte keine Ahnung was mit mir passiert ist, aber ich war froh, dass mein Fahrer einer der netten dieser Orga war.

Nachdem ich mich verabschiedete fuhren wir sechs Stunden zurück nach Rheinlandpfalz.

Während der Fahrt wollte der Mann wissen, wo ich wohne. Es kam mir vor als wäre das ein Plan gewesen mich direkt nachhause zu fahren aber er vergessen hat zu fragen damit es nicht auffällt. Dann hat er es gecheckt und schnell gefragt.

Nach einiger Zeit waren wir aber dann in meiner Straße und ich war in Gedanken schon Zuhause am Entspannen. Vor meinem Haus blieb er dann stehen und ich wollte aussteigen, doch dann dreht er um. Ich habe ihm deutlich gemacht, dass wir da richtig waren, aber das schien in nicht interessiert zu haben.

„Der Boss will dich sehen"

Wir sind gerade sechs Stunden gefahren und ich hatte absolut keine Lust darauf weitere sechs Stunden in diesem Van zu fahren. Er zog so eine Plastikwand zwischen den beiden vorderen Sitzen und denen dahinter hoch. Keine Lücke oder ein Loch war zu sehen.

Ich dachte daran, dass sie mich vielleicht müde machen wollten, also habe ich meine Müdigkeit nicht zugelassen.

Wie aus dem nichts kam aus der Lüftungsanlage Rauch. Erst habe ich an ein Feuer gedacht, doch dann merkte ich das ich immer müder wurde.

Beim Aufwachen bewegte sich der Van nicht und mein Fahrer war am Telefonieren.

„Sie ist angekommen und ich
behalte sie weiter im Auge"

Dann kamen Schritte zur Tür. Er machte die Tür auf und
natürlich hätte ich ihn angreifen können, aber er hatte noch
einen gut bei mir wegen dem Tag als wir die Fundorte be-
stimmen sollten.

„Geh mal links lang"

Ich weiß gar nicht mehr, warum ich auf ihn gehört habe.
Wer vertraut auch schon seinem Entführer beziehungsweise Verbrecher? Trotzdem habe ich es gemacht.

„Überraschung"
„willkommen zurück"
„Wir haben dich so vermisst"

Alle von Project Actor waren da. Es war unfassbar schön
alle wiederzusehen. Es machte mich so happy, dass Plopp
meine Nachricht verstanden hat.

Wer hätte es gedacht? Mein Fahrer ist selber Agent.

Agent Stuart. Er war schon lange vor mir verdeckt am
Vermitteln jedoch kam er nicht gut an nutzbares Material
heran, weil er immer als Bodyguard oder Fahrer eingeteilt
war, also musste ich her.

Er sorgte dafür das ich in keine problematischen Situationen geriet.

Das mit Mark war übrigens nicht geplant gewesen.

Ich war gerade am Überlegen wer außer Adams fehlte als auf einmal eine Stimme von hinten kam.

„Wir haben nur drei Tage"

Es war Plopp. Die Rettung aus großer Not. Es fühlte sich an als wäre ich Jahre weg gewesen.

Zu meinem Glück waren wir nicht in Luxemburg, sondern in Deutschland. Nach dem wiedersehen konnte ich zurück nachhause. Plopp hat mich begleitet und hat mir geholfen Mom zu erklären, warum Thomas nicht dabei ist.

„Er ist in Berlin geblieben um
Sarah bei einem Kunden zu
vertreten. In spätestens drei
Tagen muss sie zurück sein"

Danach gingen wir raus an den See, um zu reden.

„Wie war es dort?"

„Grausam. Es ist ein Bunker
im Wald. Dort gab es kaum
Fenster. Menschen bekamen
Gehirnwäschen. Sogar Kinder.
Meine Habe ich vor der Fahrt

hierher bekommen.
Aber ich bin Safe. Ich habe
mein Training genutzt.
Es war schwer aber ich konnte
der Kraft der *blue Hall*
Wiederstehen."

Plopp war davon überrascht, wie ich dabei nur so emotionslos sein konnte. Immerhin habe ich doch einiges mitgemacht.

„Seit wann bist du so emotionslos?"

„Seitdem ich von euch zur Maschine gemacht
wurde"

Ich wollte wissen, wovon er genau redete, und er hat mir erklär das ich vor einigen Jahren wie vom Erdboden verschluckt war.

Auf einmal war ich nicht mehr Zuhause und auch nicht mehr in der Schule. Dann machte ich die Tür von dem neuen Haus auf in dem ich wohnte und er nahm mich mit nach Luxemburg. Ich habe ihm gesagt das ich ungerne über die Zeit, in der er mich nicht mehr sah, spreche und er hat es verstanden. Als sich dann der Tag dem Ende neigte wollte er wieder fahren. Ich blieb im Gras liegen als er ging.

„Vor drei Jahren…
Ich war 12 als meine Mutter
ihren Job verloren hat.

Wir sind auf der Straße gelandet.
Später kam ich ins Heim und danach
wurde ich in Pflegefamilien
gebracht. Bei manchen war ich
gerade erst eine Stunde und bei anderen
blieb Ich für ein paar Nächte.
Eines Tages kam ich zu einer
unfassbar netten Familie. Sie
kümmerten Sich sehr gut um mich. Sie
hatten einen Sohn. Darek war 17 als ich in
die Familie kam. An einem Abend waren
wir Alleine zuhause, weil die Eltern auf
einem Elternabend waren. Ich habe mit
Franklyn gespielt und dann kam Darek.
Er hat die Tür zugemacht und die
Vorhänge zugezogen. Er hat Wörter
Benutzt, die ich noch nie gehört hatte.
Immer wieder meinte er, dass so etwas
Liebe ist. Außerdem hat er mir verboten,
mit anderen darüber zu sprechen."

Plopp kam zu mir zurück und nahm mich in den Arm.

„Sarah es ist wichtig das du mir
Jetzt die Wahrheit sagst.
Hat dich dieser Darek…"

Ich unterbrach ihn. Ich konnte das Wort einfach nicht hören. Erst musste ich schlucken, dann sagte ich:

"Ja hat er"

Ich konnte keine Gefühle zulassen, weil ich immer daran denken musste, was Darek darüber gesagt hat. Auch wenn ich nach Jahren gelernt habe, was Liebe wirklich ist, konnte ich das Wort nie lesen oder hören, ohne daran zu denken was Darek mit mir gemacht hat. Mein Motto wurde:

Niemals Lieben
Niemals drüber reden

Über all diese Jahre habe ich niemals jemandem davon erzählt. So viele sagen immer, dass man zu seinen Eltern gehen soll und natürlich am Ende gibt jeder diesen Tipp weiter aber bis man dazu kommt leidet man und versperrt sich selber Türen.

Es fiel mir unfassbar schwer Plopp davon zu erzählen. Wer gibt schon gerne zu ein Opfer zu sein, beziehungsweise eins gewesen zu sein.

Plopp versprach mir, bevor er mich hineinbrachte das er sich darum kümmern würde und er mit der Sache vertrauenswürdig umgehen wird. Danach ging ich in mein Bett, um zu schlafen. Am nächsten Tag sollte ich meine Informationen an die Führungsebene weitergeben.

Ich konnte einfach nicht schlafen. Nach dem Gespräch musste ich wieder daran denken was Darek gesagt hat. Er weiß vielleicht nicht einmal mehr, wer ich bin, aber ich lag weinend in meinem Bett. Zum ersten Mal seit drei Jahren habe ich geweint. Mit Tränen in den Augen bin ich in einen sanften Schlaf gefallen.

-Kapitel 11-
Los geht's

Nach einem Emotionalen Abend, mit dem ich nicht gerechnet hatte, habe ich mich am Morgen fertiggemacht, um mich mit der Führungsebene über die nächsten Schritte zu unterhalten.

Es fühlte sich für mich schon fast so an wie ein Verhör also versuchte ich mich schlicht zu kleiden. Nicht das es schwer für mich ist aber eine Lederjacke hätte nicht zu einem Verhör gepasst, oder? Mom wollte mich Fahren, um sich meinen Arbeitsplatz mal anzugucken. Erst hatte ich Angst, dass sie etwas herausfinden könnte, aber dann ist mir eingefallen, dass selbst ich dacht es wäre ein normales Steuerunternehmen.

Als wir da waren hat Mrs. Adams sie sogar begrüßt und meine Mutter hat es für eine große Ehre gehalten.

Es war schwer mir nicht das Lachen zu verkneifen und Plopp fand es gut. Endlich habe ich wieder gelacht. Er merkte, dass ich anfing Gefühle in der Situation freizulassen. Mir hat es auch gutgetan. Ich habe ganz vergessen, wie es ist zu lachen.

Es war interessant zu sehen, wie gut Adams eine Rolle spielen konnte. Nach einer Führung, die meine Mutter bekam, hat sie sich für die Zeit meiner Besprechung in das Café gesetzt.

Ich bin davon ausgegangen ich nur mit der Führungsebene sprechen würde, aber es waren wirklich alle da. Die aus der IT-Abteilung, die Wissenschaftler, die Designer meiner Klamotten und die Führungsebene.

Alle waren da und natürlich kann ich das verstehen. Immerhin wollten alle wissen, wofür ihre Arbeit eigentlich war.

Für mich war es jedoch schwer. Ich gab mein Bestes mich nicht beobachtet zu fühlen, obwohl das ziemlich schwer ist, wenn dir über 20 Menschen zusehen und nach Antworten fragen.

Ich habe davon erzählt, dass sie International ihre Opfer suchen. Behandelt werden diese in der Blue Hall. Dort wird in ihr denken eingegriffen und sie sind wie sprachgesteuert.

Die Wissenschaftler wollten ein genaues vorgehen geschildert bekommen also habe ich ihnen von meinem Fall erzählt.

Unser Plan war es gewesen einige aus dem Projekt einzuschleusen. Ich würde sie nach den drei Tagen mitbringen. Diese Helfen dann die anderen Opfer in einen Transport zu bringen, um weit weg zu kommen.

Thomas und ich würden uns um Steven kümmern und als letzte das Gebäude verlassen.

Das Ziel war es so wenig Aufsehen wie möglich auf uns zu ziehen.

Alles an einem Tag. Der Tag, der dafür sorgen würde, dass die andere Seite nicht mehr so existiert wie bis zu dem Zeitpunkt bekannt.

Die Designer kümmerten sich um Kleidung, die die „Opfer" tragen sollten. Alles und jeder war bereit für den nächsten Schritt.

Am Folgetag gingen wir unseren Ablauf durch. Das geling uns überraschend gut. Wir hatten jetzt keine Gegner, die uns unbedingt verletzten, wollten aber wir haben unser Bestes gegeben damit es sich so anfühlt.

Ich wollte allen sagen, dass wir früh aufstehen müssten, weil wir von Luxemburg über sechs Stunden nach Berlin fahren würden, doch Plopp sagte, dass das eigentliche Lager in Frankfurt liegt. Ich bin anfangs also nur nach Berlin, um entführt zu werden. Alle wussten es nur ich nicht. Wahrscheinlich hätte ich es dann aber auch nicht mitgemacht also bin ich recht stolz auf mein Team.

Die Wissenschaftler haben uns allen noch einen im Ohr unsichtbaren Kopfhörer, mit dem wir die andere hören und mit ihnen Kommunizieren konnten. Wir waren bereit (Verzeihen Sie mir die Dramatik) die Welt zu retten.

-Kapitel 12-
Der Anfang vom Ende

Es war so weit. Am Tag meiner Rückkehr bei der Stku waren alle bereit.

Agent Stuart brachte die vermeintlichen Opfer zum Van. Es waren alle ausgebildete Agenten die bereit waren im Notfall einzugreifen.

Von der Führungsebene gefolgt sind wir in dem Van zurück zur anderen Seite gefahren.

Einige Kilometer bevor wir ankamen, haben sie sich von uns abgeschieden.

Auf diese Weise konnten sie aus sicherer Entfernung, alles mitbekommen.

Unsere Kommunikation war dank kleiner Kopfhörer, die im Ohr unsichtbar schienen möglich. Alle konnten sich hören und waren bereit für jemanden da zu sein.

Kurz vor der Ankunft haben wir unsere Kopfhörer eingesteckt und sahen aus der Ferne wie Stevens auf uns wartete. Sein stutziger Blick, weil ich neben dem Fahrer sahs war nicht zu übersehen, aber ich hatte einen Plan, an den ich mich halten wollte.

Selbstbewusst steig ich aus dem Van.

„Ich habe ein Geschenk für
Sie Stevens"

Ich öffnete die Tür die 6 „Opfer" verdeckte. Doch alles, was Stevens sehen konnte waren verängstigte Obdachlose.

„Auf dem Weg zurück hierher
sah ich sie die Straße überqueren
ich habe ihnen versprochen das
du hilfst"

Natürlich hat er mir zugestimmt. Kurz hatte ich Angst, dass er mich durchschaut hatte, aber ein solcher Mann kann nicht schlau denken. Er bezahlt andere für diese Aufgabe und zu meinem Glück war ich eine von ihnen.

Zuerst brachte ich sie gemeinsam mit Richard Stevens in den Saal. Dort haben sie sich Schlafplätze zuordnen lassen und Stevens zog mich für ein Gespräch von ihnen weg.

Gemeinsam haben wir besprochen, wie wir weitervorgehen würden und ob die Blue Hall noch benötigt werden würde.

Wenn es nach mir gegangen wäre, dann hätte ruhig alles zerstört werden können, aber dann wäre meine Tarnung auch aufgeflogen also habe ich das kleine ahnungslose Mädchen gespielt, von dem keiner wusste, dass ich mehr wusste als ihnen lieb war. Richard machte das stolz das ich mich so eingebracht habe und er bestand darauf sich bei mir zu revanchieren.

> „In einer Stunde in
> Meinem Büro"

Ich habe keine Ahnung, für wie naiv er mich gehalten hatte, aber ich spielte mit. Bevor ich ging, hatte ich noch eine wichtige Frage bezüglich Thomas immerhin brauchte ich ihn für meinen Plan.

> „Kann ich mich jetzt um meinen
> Vater kümmern? Das wissen das
> er noch in einer Zelle ein recht
> angenehmes Leben hat stört
> mich abgrundtiefst"

Mit einem Lächeln hat er mir zugenickt. Stuart stand wie geplant in Reichards Sichtfeld. Als er dann Stuart mit mir schickte war der Plan weiter auf dem richtigen Weg.

Als wir dann an seiner Zelle ankamen fanden wir keine erreichbare Tür. Wahrscheinlich wurde das Große Glasfenster erst eingebaut, nachdem Thomas in der Zelle sahs. Essen bekam er über eine kleine Luke, durch die keiner von uns beiden passte. Es ließ sich weder Brechstange noch Feuerlöscher finden und als Agent Stuart nicht hinsah trat ich das dünne Glas durch.

Sie hätten so oder so von unserem Hinterhalt erfahren also warum nicht einen solchen Auslöser. Thomas schreckte nach dem Eintreten der Glasscheibe auf.

Wir schlossen uns in die Arme und doch die Umarmung ging nicht lange.

Er hatte eine Dusche dringend nötig. Ich habe ihm von dem Plan erzählt und er wollte unbedingt mit mir kommen aber für den nächsten Schritt musste ich alleine sein.

Stuart gab ihm einen Kopfhörer. Wir hörten die ersten Wachen kommen. Gerade als ich zu Sevens gehen wollte stand eine der Wachen vor mir, aber es war ein Kinderspiel ihn zu überwältigen.

„Habe ich in meiner Abwesenheit
etwas verpasst"

Stuart und ich lachten und haben die Frage nicht wirklich beantwortet.

Ich musste weiter und ließ die beiden sich um die anderen Wachen kümmern. Auf dem Weg zu Stevens sahen mich einige komisch an.

Ganze fünf Minuten war ich zu früh. Fünf Minuten, in denen ich entweder etwas über ihn herausfinden hätte können oder Stevens von meinem Doppelleben erfahren hätte können.

Unbemerkt stand ich an dem Türrahmen seines Büros, aus dem man einen wunderschönen Blick in den Wald hatte.

Stevens sahs an einem langen hölzernen Schreibtisch auf einem großen und grünen Bürostuhl aus Leder. Es dauerte einige Zeit, bis er mich bemerkte doch als es so weit war schloss er sofort seinen Laptop und begrüßte mich im Sitzen.

„Schließ die Tür"

Nachdem ich die Tür schloss, kam ich auf Stevens zu und er lehnte sich freudig zurück.

„Stevens…"

Schon unterbrach er mich.

„Sarah sagen sie ruhig
Richard"

Sein Mundwinkel ging immer weiter nach oben und er dachte wahrscheinlich, dass es gut aussehen würde.

„Richard geben sie mir ihre Hände
Ich will sehen, wie groß sie sind."

„Wie groß für was?"

Ich konnte ihm jetzt schlecht sagen, dass ich ihn abführen wollen würde, also musste ich sein Spielchen mitspielen.

„Wirst du schon sehen"

Danach sprang er wie ein Schoßhündchen begeistert auf und kam zu mir.

„Sarah sie wissen nicht wie la…"

Ich machte ihm klar, dass es jetzt Zeit für ihn ist zu schweigen und nur zu antworten, wenn ich es will.

„Richard in deiner Organisation
wurde ich verraten. Ich will das
er leidet"

Er legte seine Hand auf meine Schulter und wollte den Namen der Person hören, die mich verraten hatte. Auf den Moment habe ich mich am meisten gefreut.

„Oh Richard Darling. Ich kümmere
mich lieber selber drum"

Danach verdrehte ich seinen Arm zog Handschellen aus meiner Hosentasche, die ich für den Moment vorbereitete und zog sie ihm an.

„Dafür wollte ich wissen wie
Groß deine Hände sind"

Ich zwinkerte ihm ein letztes Mal zu und war dabei zu gehen. Mir lag absolut nichts an ihm.

Jemand anderes hätte ihn auch rausholen können also ging ich und ließ in gefesselt in seinem Büro zurück. Doch dann merkte ich das ich die Geisel war.

„Wenn du jetzt gehst, wirst du

nicht mehr lebend zu deinen
Freunden kommen"

Im selben Moment hörte ich wie die Wissenschaftler mich warnten.

Es gabt Kammern in denen Gas deponiert war. Ich Hörter plötzlich, wie Thomas mich warnte. Einer der Wachen, die er festgenommen hat, erzählte ihm, dass man aus dem Büro einen Alarm auslösen kann. Nach 15 Minuten wären die Räume voll mit dem Gas und ein Feuer würde gezündet werden. In kürzester Zeit wäre alles um mich herum weg. Das letzte, was ich hörte, waren schreie.

Plopp wollte zu mir rein doch die anderen Agents hielten ihn ab. Von da an waren es nur Stevens und Ich. In einem Gebäude das jeden Moment in die Luft gehen könnte.

-Kapitel 13-
Leben oder Tot

Ich rannte in den Sall, wo ich zum ersten Mal sah wie die gewaschenen lebten. Alles, was ich finden konnte, zog ich zusammen auf eine Stelle. Betten, Trainingsgeräte, Bücher. Einfach alles.

Erst nach meiner Anstrengung merkte ich, dass ich einfach durch den Haupteingang gehen konnte. Mir kam Rauch entgegen und ich befürchtete das schlimmste. Jemand hat ein Feuer gezündet und mein einziger weg ohne Verbrennung und einer Rauchvergiftung zu entkommen war der aufs Dach zu klettern.

Es war nur eine Frage der Zeit, bis alles in die Luft ging.

Thomas machte mir klar, dass ich schneller machen musste. Wir hielten einen kleinen Plausch bis ich entschied den Stapel hochzuklettern. Plopp schrie mich an.

„Hinter dir!"

Nur einen kurzen Moment später flog eine Kugel an mir vorbei. Stevens stand hinter mir und hielt eine Pistole auf mich gerichtet.

„Erstaunlich wie leicht
man eine Schauspielerin
hinters Licht führen kann"

Der Rest der Agentur hörte mir zu und meinte das ich auf keinen Fall auf seine Spielerein eingehen sollte, aber ich wäre nicht ich ohne meine vegane extra Wurst.

„Was wollen sie von mir
Stevens?"

Langsam nahm er seinen Arm mit der Waffe in der Hand runter.

„Ein neues Leben.
Du sollst für mich
Aussagen wenn es
zu einem Gerichtsfall
kommt"

Ich versprach ihm zu helfen, aber dafür sollte er die Waffe weglegen. Gemeinsam kletterten wir nach oben, um durch die Dachluke aufs Dach zu kommen. Minuten musste ich mir anhören, wie meine Kollegen mich schlecht machten, weil ich einem Verbrecher geholfen habe.

Ich werde niemanden jemanden zurücklassen!

Jemand kann noch so schlecht mir gegenüber sein, doch dann ist es meine Pflicht zu zeigen, dass ich nicht so bin und selbst der dunkelste Schatten durch Licht entstanden ist.

Gemeinsam gingen wir durch die Luke nach oben. Aus dem Nachthimmel kamen tropfen und Lichter. Donner erklang in meinen Ohren und ich musste einen kühlen Kopf behalten.

Keine Leiter war lang genug und Sprungtücher hatte keiner dabei. Ich stellte mich an den Rand vom Dach und sah nach unten als mir Stevens einen Stoß gab. Ich konnte mich festhalten und zog mich hoch.

Er richtete seine Pistole wieder auf mich und ich dachte es wäre mein Ende. Die Blitze kamen näher und ich erinnerte mich an mein Training und an die Menschen, die ich beschützen wollte. Ich rannte im strömenden Regen auf Stevens zu, der auf mich schoss. Jeder Kugel bin ich ausgewichen und zum Schluss riss ich ihn zu Boden.

Es hat sich so viel Wut in mir gesammelt, dass ich überschüssige Kraft loswerden musste. Wahrscheinlich hätte jeder in meiner Situation Richard KO geschlagen und sich selbst gerettet, aber mir ist eine wichtige Sache eingefallen.

Mein Vater kam zu dieser bösen Organisation und hat Menschen umgebracht, leiden lassen und womöglich weiteres in dieser Richtung. Wenn ich eins nicht sein wollen würde, dann wäre es wie er zu sein.

Ich stand auf und gab Stevens meine Hand.

Ein lauter Donnerschlag war zu hören. Es fühlte sich an wie in einem Film und der Donner war die dramatische Musik.

Richard Stevens hatte sein eigenes Verständnis unter dem Wort Drama. Er ist selber aufgestanden und ging von mir weg.

Ich habe gefragt, wie es mit der Rettungsaktion voran gehen würde und Adams sagte mir, dass sie in wenigen Minuten bereit wären uns abzuseilen.

Auf einmal hörte ich ein Krachen und drehte mich um.

Ein Baum wurde vom Blitzgetroffen und fiel brennend ins Gebäude. Direkt darauf sah ich zu Stevens. Sein nicken sagte mir das keine Zeit mehr war. Er stand auf, sah mich an und blieb stehen.

Hinter ihm gingen kleine Explosionen los und ich wollte ihn nicht verlieren.

„Du bekommst deine
 Aussage aber dafür
 musst du überleben und
 das wirst du nicht wenn
 du hier bleibst"

Er lächelte mich hämisch an.

„Wissen sie was Sarah…
 Ich hoffe, Sie erinnern

Sich an Ihre Träume,
denn – ich – werde
sie brennen lassen!"

Er sprang in die nächste Explosion.

Es gab keine Zeit, um nachzudenken. Ich drehte mich von ihm weg und rannte so schnell wie noch nie.

Ich sprang ins Bodenlose. 13 Meter über dem Boden war die Zeit wie angehalten. Ich sah die erschrockenen Gesichter unter mir und spürte mein Herz so schlagen, wie wenn es aus meiner Brust springen wollen würde.

Auf einem Knie und einer geballten Faust bin ich gelandet.

In dem Moment, wo ich den Boden berührte, kam die Druckwelle.

Meine Haare habe ich zurückgeworfen und ich sah die erstaunten Blicke der anderen. Ich hatte von dem Sprung keine einzelne Verletzung. Für gewöhnlich muss man sich aus dieser Höher etwas brechen, doch ich war kerngesund. Es war mir auch egal denn ich habe es geschafft, auch wenn ich Stevens nicht retten konnte.

Ein Leben ist viel wert, aber nicht so viel wie das von Tausenden. Das ist zwar ein kleiner Trost, aber es war seine Entscheidung warum sollte ich also trauern.

Adams und der Rest der Führungsebene kamen zu mir und umarmten mich. Zum Schluss kam dann noch Thomas der enorm stolz auf mich war.

Dann kam jedoch Plopp der mich zu einem Van brachte.

„Du solltest wissen das wir

in Deutschland kein großes
Einmischungsrecht haben also
sollten wir jetzt lieber gehen"

Ich nickte und stieg ins Auto. Erst dachte ich, dass ich für einen Moment verschnaufen könnte, doch dann bekam ich überraschenden Besuch von Amelie. Sie hat alles aufgeklärt.

Früher war sie ein Teil der Führungsebene und selber Agentin, jedoch wollte sie Platz für jemanden neuen machen, da sie sich um ihrer Familien Planung kümmern wollte.

Von da an kümmerte sie sich um Project Actor aus der Ferne. Lange konnte sie nicht bleiben somit machte sie Platz für meine Freunde. Adams, Plopp,

Baker und Thomas. Gemeinsam fuhren wir zu mir nachhause.

-Kapitel 14-
Alles Schöne endet einmal

Gemeinsam haben wir uns ins hohe Gras am See gesetzt. Franklyn durfte auch dort sein und gemeinsam genossen wir den Abend und redeten über das erlebte.

Mom war noch länger unterwegs, also musste ich nichts erklären und das war auch ganz gut. Ich wusste nicht, wie ich ihr erklären sollte, weshalb ich nach Feuer rieche.

Mit meiner Hand hatte ich vor durch das Gras zu fahren, doch ich spürte nichts.

Langsam sah ich zu meiner Hand runter. Mir stockte der Atem. Meine Hand war sich am Auflösen. Stück für Stück wurde meine Haut heller und ich bekam Angst.

„Plopp, Adams
w-was passiert mit mir?"

Adams hielt mich im Arm und machte mir klar, dass alles gut gehen würde.

"Sarah alles wird gut.
Du musst zu Lewis.
Erklär ihm alles, was
du erlebst hast.
Gemeinsam geht ihr
zu seinem Bruder.
Er wird euch helfen,
uns retten"

Ich war verwirrt und wurde immer heller. Keiner wollte mir helfen und ich dachte sie wären die ganze Zeit die Bösen gewesen.

Zuletzt sah ich nur noch, wie ich aus dem Helikopter sprang und auf einer Bombe landete.

Ich hörte Menschen klatschen und sich freuen, weil ich sie gerettet hatte. Doch das Piepen der Bombe hörte nicht auf. Es wurde lauter und ich dachte das ich jeden Moment in 1000 Stücke zerrissen werde. Dann wurde alles vor meinen Augen weiß.

-Kapitel 15-
Neustart

Ich wurde geblendet und das Piepen ging in Stimmen über. Stimmen die laut am Streiten waren.

„Wo haben sie fahren gelernt?"

„Das arme Kind"

„Geht es ihr gut?"

Ich lag auf der Straße von einem Auto umgefahren. Jemand wollte die Polizei und den Krankenwagen rufen, aber ich habe gesagt, dass es mir gut geht, und bin zum Beweis aufgestanden und durch die Gegend gegangen.

Aus der Ferne sah ich wie Lewis auf mich zu gerannt kam.

Alles war ein Traum und das Casting hatte noch nicht für mich angefangen. Lewis hat mich dorthin begleitet und drei Mal dürfen Sie raten, wer die Rolle bekommen hat.

Genau - ich.

Mark hat in echt eine Freundin und ist supernett und Amelie war auch da und sie sah mich die ganze Zeit an.

Vielleicht wusste sie von dem Traum.

Jetzt bin ich offiziell der Star in einer Miniserie.

Mein Leben hat komplett neu begonnen und ich habe einiges aus meinem Traum genutzt.

Ich bin selbstbewusster geworden und führe jetzt ein zweites Leben in meinem eigenen Film.

Gemeinsam mit Lewis schreiben wir jetzt ein Buch über meine Rolle, die ich in dem Traum gespielt hatte. Er fand meine „Erlebnisse" sogar spannender als seine und wenn ich ehrlich bin, war das schon eine unfassbare Erfahrung.

Am 15. Juli war ein Abschlussball, auf den auch meine Stufe gehen durfte und wenn sie jetzt denken diese Story bekommt eine Lovestory haben sie ein schlechtes Bild von mir vor Augen.

Gemeinsam mit Lewis bin ich zum Ball, jedoch haben wir dort unsere anderen Freunde getroffen und hatten einen großartigen Abend.

Meine Kariere als Schauspielerin geht gerade erst los, aber ich schauspielere schon mein ganzes Leben.

„Das Leben ist wie ein Film.
Es gibt Auf und Abs,
Liebesgeschichten und
Probleme. Es gibt Fans und
Es gibt Hater.
Doch am Ende ist es mein Leben"

Ich hoffe ich konnte ihnen mit meinem Traumbericht weiterhelfen. Bei Fragen dürfen sie sich gerne bei mir melden.

An: Elena Martinez
Von: Sarah Ostrowski

Von da an arbeiten Sarah,
Julien und Lewis zusammen.

Laras Namen den sie sich als
Heldin gegeben hat ist:
Actora

Ihr Schokoriegel war „vergiftet"

Es gibt einen unbekannten Ort auf der Erde, der moderner ist als alle anderen. Sie haben einen Mikroskopisch kleinen Roboter, der sich im Gehirn absetzt und Erinnerung und Gedanken verbindet. Auf diese Weise ist es ihnen möglich die Wahrnehmung/Träume zu beeinflussen. Dieser Roboter war in dem Riegel versteckt.

Wer sind die von dem
unbekannten Ort?

DANKESAGUNG

<3

Das ist jetzt auch für mich neu. Machen wir es kurz. Ich danke meinem Onkel und meiner Tante, die mich im veröffentlichen dieses Buches bestärkt haben.

Ein besonderer Dank geht an das „Mäxschen," welches sich den Stress gemacht hat meine vielen Fehler zu korrigieren. (An die Hater: Ein paar Fehler werden noch da sein, aber wen interessiert es?) Leider gab es einige Probleme für den Druck, wenn ich die überarbeitete Version veröffentlicht hätte. Deshalb gibt es auch dieses Buch mit Fehlern, but who cares?

Zudem danke ich den beiden, die mein Manuskript, penibel auf den Inhalt kontrolliert haben. Aber auch meinen Eltern, die mich beim Finden von Ideen unterstützt haben.

Doch der wohl größte Dank geht an dich! Ja du bist gemeint. Ohne einen Leser wie dich ist, das schreiben langweilig. Du weißt gar nicht wie es mich freut, dass du mein Buch gekauft hast und in die Welt, die ich gebastelt habe, eingetaucht bist. Vielen Dank!!!

Eigenlob stinkt, aber ich möchte auch mir danken (:P), dafür, dass ich nicht aufgegeben habe und jetzt hier stehe, mit einem zweiten Buch.

ÜBER DEN AUTOR

Mein Name ist Louis Kawalek und ich bin 17 Jahre alt und komme aus einem kleinen Dorf namens Kruft in Rheinland-Pfalz. Seit dem Kindergarten habe ich großen Spaß am Erzählen von Geschichten. Das hier ist mein zweiter Teil und ich bin noch lange nicht fertig. Rechtschreibfehler sind bei mir immer zu finden und das nicht, weil ich dumm bin, sondern weil ich finde, dass jeder mich so kennenlernen soll, wie ich bin und nicht so, wie ein Computer mich überarbeitet hat. Meine Reise hat gerade erst angefangen, und ich hoffe, ihr begleitet mich auf meinem zukünftigen Weg!

Bye :)